Wenn Frauen für Sex bezahlen

LISA STERN
TONI MARS

Wenn Frauen für Sex bezahlen

Erotische Geschichten

Bibliografische Information der Deutschen Nationalbibliothek
Die Deutsche Nationalbibliothek verzeichnet diese Publikation
in der Deutschen Nationalbibliografie; detaillierte bibliografische Daten sind im Internet über http://dnb.d-nb.de abrufbar.

Herstellung und Verlag:
BoD - Books on Demand, Norderstedt
Cover-Foto: Lizenz von ClipDealer

ISBN: 9783755732815

Inhalt

Ein paar Bemerkungen am Anfang

Mein Name ist Toni und ich bin um die Vierzig. Bitte sehen Sie mir nach, dass ich dieses Buch unter einem Pseudonym schreibe und auf Details, wie Ortsangaben, Restaurantnamen oder Ähnliches verzichte. Damit schütze ich nicht nur mich, sondern auch meine Kunden, denen ich natürlich ebenfalls einen anderen Namen verpasst habe.

Erich Kästner sagte einmal: »Es gibt nichts Gutes, außer man tut es.« Warum zitiere ich diesen Spruch? Seitdem ich vor drei Jahren mein Leben grundlegend verändert habe, muss ich oft an diese Worte denken. Was ist passiert? Und war es tatsächlich nur Zufall? Man sagt ja, dass es keine Zufälle gibt, doch in meinem Fall wäre es anzunehmen.

Angefangen hat alles auf der Geburtstagsparty meines besten Freundes Paul. Paul ist ein Frauentyp, wie er im Buche steht. Folgerichtig waren an diesem Tag auch mehr weibliche, als männliche Gäste auf der Party. Ohne überheblich oder eingebildet zu sein, kann ich von mir behaupten, dass ich auch nicht das hässlichste Entlein, beziehungsweise Erpel, im Teich bin. Ich habe eine sehr sportliche Figur, dunkle kurze Haare und trage fast immer einen Dreitagesbart. Warum ich noch ledig bin, kann ich mir auch nicht erklären. Vielleicht bin ich einfach nur nicht beziehungsfähig.

Den ganzen Abend war ich von einer kleinen Traube hübscher Frauen umgeben. Besonders die blonde Eva war sehr anhänglich. Eva kenne ich schon seit zwei Jahren und ich kann sie als gute Freundin bezeichnen. Wir besuchen uns in regelmäßigen Abständen auf ein oder zwei Glas Wein und diskutieren manchmal über Gott und die Welt bis weit in die Nacht hinein. Näher sind wir uns jedoch noch nie gekommen, obwohl es schon einige prickelnde Situationen gegeben hat.

Vor mehr als zwei Jahren hatte Eva einen Schicksalsschlag erlitten, von dem sie sich bis heute nicht erholt hat. Marko, ihr Mann, hatte einen tödlichen Verkehrsunfall. Eva und Marko waren unzertrennlich, sie hatten sich sprich- wörtlich gesucht und gefunden. Marko sagte mir einmal, dass sie jeden Tag Sex hatten, manchmal sogar mehrmals. Ob das der Wahr- heit entsprach, konnte ich natürlich nicht nach- prüfen. Deshalb hatte ich so meine Zweifel. Marko war nämlich dafür bekannt, dass er manchmal etwas übertrieb. Jedenfalls musste sich Eva von heute auf morgen einen Ersatz für diese prickelnden Lustmomente verschaffen.

Obwohl Eva sehr hübsch und sympathisch ist, hat sie jedoch bis heute noch keine neue Beziehung. In letzter Zeit forcierte sie zwar ihre Versuche in diese Richtung, aber eine ernsthafte Freundschaft entstand bisher nicht.

Wir redeten an diesem Abend sehr offen, über ihr Problem mit der Liebe. Das eine oder andere Glas Wein machte uns dabei immer beschwingter. Kurz gesagt landeten wir an diesem Tag zum ersten Mal gemeinsam im Bett, und zwar bei mir zu Hause. Eva war, was das Sexuelle anbelangte, mächtig ausgehungert. Sie konnte in dieser Nacht einfach nicht genug bekommen.

Nachdem wir unsere Lust befriedigt hatten, fragte mich Eva so aus Spaß, ob ich nicht daran interessiert wäre, als männlicher Prostituierter etwas dazuzuverdienen. Früher hätte man Gigolo zu einem derartigen Mann gesagt. Sie meinte, ich wäre gut gebaut, sehe gut aus und hätte ein seltenes Talent Frauen zu verführen.

In diesem Moment lachte ich noch darüber, doch in den kommenden Tagen ließ mich der Gedanke nicht mehr los. Gar keine schlechte Idee, dachte ich so bei mir. Es gibt sicher eine

Menge Frauen, die gern mal vernascht werden möchten. Gründe gäbe es sicher viele. Und das Besondere daran ist, man findet solche Frauen zu Hauf und in allen Altersgruppen, von jung bis alt.

Ein paar Tage später rief mich eine Frau an, sie meinte, sie wäre auch auf der Geburtstagsparty von Paul gewesen und hätte von Eva erfahren, dass ich Frauen zu Hause besuche und ihnen gewisse Dienste anbiete. Da kam mir gleich Eva in den Sinn. Dieses Luder, hatte Eva doch aus einer fixen Idee gleich eine Realität geschaffen. Ich tat so, als ob ich diesen erotischen Nebenerwerb schon einige Zeit betrieb und wir besprachen die Details des bevorstehenden Dates.

Einige Tage später besuchte ich sie. Wir kamen gleich zur Sache und landeten nach wenigen Minuten in ihrem Bett, worüber ich in einer meiner Geschichten noch ausführlich berichten werde. In welcher verrate ich nicht. Raten Sie selbst!

So fing alles an. Ich beschäftigte mich sehr intensiv mit dem Thema. Besuchte im Internet diesbezüglich Foren und stellte schließlich fest, dass es tatsächlich einen Bedarf gibt, Frauen Liebesdienste gegen Geld zu erweisen. Nicht nur Witwen oder geschiedene Frauen zeigten Interesse, sondern auch jede Menge verheiratete.

Ich finde an diesen sogenannten Liebesdiensten nichts Verwerfliches. Warum sollten Frauen nicht die gleichen Rechte auf bezahlten Sex haben, wie Männer? Frei nach dem Motto: Gleiches Recht für alle!

Die ersten Termine ließen nicht lange auf sich warten. Hatte ich anfangs nur höchstens zwei oder drei Termine in 10 Tagen, wurden es rasch mehr und nach drei Monaten konnte ich gar nicht mehr alle Wünsche erfüllen.

Ich bekam so viel Nachfragen nach meinen Diensten, sodass ich meinen festen Job als Versicherungsvertreter inzwischen gekündigt hatte. Somit konnte ich mich voll und ganz meinen »bedürftigen« Frauen widmen. Was ich dabei alles erlebt habe, habe ich in diesem Buch auszugsweise zusammengefasst.

Der Altersdurchschnitt meiner Kunden, wenn ich sie mal so nennen möchte, war um die vierzig Jahre. Das Altersspektrum reichte aber von Mitte dreißig bis sage und schreibe achtzig Jahre.

Das Ganze lief jedes Mal so ab, dass ich die Frauen zunächst auf neutralem Platz zur einer

Tasse Kaffee einlud, bei der sie mir detailliert ihre Wünsche vortrugen und wir uns anschließend auf ein Honorar einigten.

Diese Vorgehensweise diente jedoch noch einem anderen Zweck. Bei dieser Gelegenheit konnte ich feststellen, ob zwischen uns die Chemie stimmte. Andernfalls lehnte ich ein Treffen ab. Wenn ich mit Jemandem intim sein möchte, dann sollte man sich auch auf der gleichen Wellenlänge bewegen.

Bei den darauffolgenden Treffen war vom Blümchensex mit viel Kuscheln bis zu den bizarrsten Wünschen alles dabei. Sie fanden hauptsächlich in den Wohnungen oder Häusern der Kundinnen statt. Es gab aber auch Ausnahmen. Zum Beispiel traf ich mich mit einigen im Hotel oder wir fuhren zu einem Ort, an dem wir hofften, auf keine Menschenseele zu stoßen, wie zum Beispiel in einem etwas abseits gelegenem Waldstück.

Die meisten Begegnungen waren wirklich wunderschön, doch es gab auch unappetitliche Szenen. Der Vollständigkeit halber möchte ich einige von ihnen erwähnen. Glücklicherweise bildeten sie die Ausnahme.

Die folgenden Geschichten sind ein repräsentativer Querschnitte aus den letzten drei

Jahren, in denen ich als männlicher Prostituierter tätig war. Man kann sagen, dass es die außergewöhnlichsten und teilweise auch krassesten Dates waren.

Besonders bedanken möchte ich mich bei Lisa Stern, die mir half, meine lustvollen Erlebnisse in Worte zu fassen. Ohne ihre Hilfe hätte ich das Buch nicht in dieser Form veröffentlichen können. Vielen Dank Lisa!

Maria, 39 Jahre

Maria hatte eine ganz besondere Ausstrahlung. Mit ihren langen, brünetten Haaren und ihrer Traumfigur war sie ein richtiges Rasseweib. Bei unserer ersten Begegnung in einem Café erzählte sie mir, dass sie seit zehn Jahren glücklich verheiratet sei. Sie verstünde sich mit ihrem Mann, der übrigens ihre erste große Liebe war, eigentlich sehr gut, nur eine Sache störte sie gewaltig: Im Bett bevorzugte er nur den sogenannten Blümchensex. Er kam immer gleich zur Sache, meist ohne Vorspiel. Er legte auch keinen Wert darauf, einen geblasen zu bekommen.

Maria wollte wenigstens einmal im Leben so richtigen »Dirty Talk« erleben. Ich bat Maria, mir zwei Wochen Zeit zu geben, um mich etwas intensiver auf unser Treffen vorzubereiten. Danach trafen wir uns bei ihr zu Hause. Sie lebte in einem großen Einfamilienhaus am Stadtrand, mit einem etwa 5x8 Meter großen Pool. Ihr Mann war in Frankreich auf Dienstreise und kam erst ein paar Tage später zurück.

Gegen 16 Uhr klingelte ich am Tor. Maria empfing mich, nur in einem dünnen Bademantel bekleidet. Als sie das Gartentor hinter uns geschlossen hatte, öffnete sie sofort die Schleife ihres Bademantels, behielt ihn jedoch noch an. Deutlich konnte ich zwischen ihren Schenkeln den Spalt erkennen, der ihre äußeren Scham- lippen trennte. Ein kleines schwarzes Dreieck zierte ihren Venushügel, ansonsten war ihre Scham glatt rasiert.

Das Grundstück lag sehr günstig. Aufgrund von hohen Mauern war es von außen nicht ein- sehbar. Somit konnten wir uns ungestört auf unsere sexuellen Aktivitäten konzentrieren.

Am Pool standen zwei Liegen mit jeweils ei- nem Handtuch und auf dem Rasen hatte sie eine große Decke ausgebreitet.

»Du kannst gern ablegen. Tu dir nur keinen Zwang an.«

Ich zog mich, bis auf eine vorsichtshalber angezogene Badehose, aus und legte mich auf eine der beiden Liegen.

»Darf ich dir etwas zu trinken anbieten?«, fragte mich Maria.

»Ein Wasser mit Gas, bitte, wenn du sowas im Haus hast.«

»Hab' ich. Bin gleich wieder zurück.«

Sie lief über die Terrasse ins Haus und kam mit zwei Gläsern zurück. Eines davon reichte sie mir. Ich hatte großen Durst und trank es gleich halb leer. Den Rest stellte ich auf einen kleinen Tisch, der zwischen den Liegen stand.

»Ich bin etwas aufgeregt«, gestand mir Maria. »Kannst du das verstehen? Ich habe sowas noch nie gemacht. Wollen wir vorher in den Pool gehen?«

»Ja, gern. Das tut bestimmt gut, bei dieser Hitze.«

Maria streifte nun ihren Bademantel ab und bat mich: »Zieh bitte auch deine Badehose aus, damit wir die gleichen Bedingungen haben.«

Während des Plantschens im Pool kam es zwischen uns zu zufälligen, zärtlichen Berührungen und wir stellten somit den ersten Körperkontakt her.

Nachdem wir uns abgetrocknet hatten, nahm mich Maria an der Hand und führte mich an jene Stelle vom Rasen, an der die große Decke lag. Sie drückte mich ganz fest an sich und mit zittriger Stimme bat sie mich: »Komm, nimm mich jetzt! Ich kann es kaum erwarten. Ich bin so heiß auf dich.«

Maria legte sich mit dem Rücken auf die Decke, stellte ihre Beine auf. Ihre leicht gespreizten Beine präsentierten mir ihre feuchte, geschwollene Vagina. Die Venuslippen waren überdurchschnittlich groß und weit geöffnet.

Diese Einladung ließ meinen Speer sofort über sich hinaus wachsen.

»Ich würde gern von dir geleckt werden«, bat sie mich, noch etwas schüchtern.

Darauf hatte sie sich sicher schon die ganze Zeit gefreut. Bei unserem Kennenlern-Treffen gestand sie mir, dass ihr Mann sie noch nie oral verwöhnt hatte. Angeblich soll er sich davor geekelt haben. Die Geschmäcker sind eben verschieden. Im wahrsten Sinne des Wortes.

Nur einmal ist sie als 16jährige von einer Freundin, geleckt worden. Damals hatte Maria gerade ihren jetzigen Mann kennengelernt. Ihre beste Freundin Kiara wollte alles ganz genau von Maria und ihrem Freund wissen, da sie bis dahin selbst noch wenige Erfahrungen mit Jungs hatte. So interessierte sie auch, ob Marias Freund schon einmal ihre Muschi geleckt hatte. Maria verneinte. So kam es, dass Kiara die erste Person war, die bei Maria Cunnilingus praktizieren durfte. Maria hatte jedoch keine gute Erinnerung an dieses Erlebnis. Sicher lag es an der Unerfahrenheit ihrer Freundin.

Ich trug nun eine große Verantwortung, nämlich der erste Mann zu ein, der Maria oral befriedigen sollte.

Nun wurde Marie konkret: »Komm schon, küss meine Möse, leck meine Spalte und meine Klitoris!«

Meine flinke Zunge drängte sich in das zarte Rosa ihrer Mitte und kostete das süße Nass ihrer Lust. Begierig züngelte ich über ihren Lustpunkt. Ich gab alles, um sie nicht zu enttäuschen und ihr Saft floss in Strömen aus ihrem klaffenden Schoß. So dauerte es nicht lange, bis sie ihren ersten Höhepunkt erreichte.

»Komm jetzt. Ich will dich spüren, hier und jetzt. Ich kann es kaum erwarten, bis dein Schwanz in meiner Fotze steckt. Mach mit mir, was du willst.«

Wir gingen rasch zur Missionarsstellung über. Widerstandslos glitt mein pochendes Glied in die tiefe Feuchte ihres Geschlechts. Fest und hart drang mein Penis in sie ein. Mit einem lauten Seufzer zeigte Maria mir ihr Wohlgefallen.

»Ich will dich noch tiefer in mir. Nimm mich! Fick mich. Gefällt dir meine Fotze? Bin ich eng genug für dich. Stoß mich fester, so fest, wie du kannst. Ich möchte den besten Orgasmus meines Lebens haben.«

Das war schon ziemlich »dirty«, was Maria da von sich gab. Sie ließ sich nun gehen und kramte aus ihrem Innersten ein schmutziges Wort nach dem anderen. Mit jedem Wort wurde sie geiler und ich versuchte, ihr ein guter Spielpartner zu sein. Ihre Leidenschaft, ihre Fleischeslust steckte mich an. Die intensiven Bewegungen meiner geballten Männlichkeit brachte sie von Sekunde zu Sekunde ihrem Höhepunkt näher.

Meine Hände suchten ihre festen schönen Brüste und kneteten sie. Ihre steil aufgerichteten Warzen verrieten mir ihre grenzenlose Begierde.

»Deine Titten machen mich wahnsinnig«, hauchte ich.

Schnell wechselten wir die Stellung. Ich nahm sie von hinten.

»Du hast einen schönen Arsch«, rief ich ihr zu.

»Ich weiß, dann fick mich doch in den Arsch!«

»Tut mir leid, da steh ich nicht drauf. Komm, setz' dich stattdessen auf mich!«

Ich legte mich auf den Rücken und Maria konnte nun selbst den Rhythmus ihrer Bewegungen bestimmen. Sie hob und senkte sich in gierigem Verlangen. Geschickt spielte sie mit ihren Scheidenmuskeln, sodass ich große Mühe hatte, nicht zu kommen. Doch Maria hatte Mitleid mit mir.

»Ich weiß, dass dein Schwanz gern abspritzen möchte. Dann soll er es tun. Spritz mir deine Sahne in meine Fotze. Ich möchte mit dir zusammen kommen. Ja, jetzt, spritz endlich!«

Wir schafften es tatsächlich, zusammen unseren Höhepunkt zu erreichen. Deutlich konnte ich Marias zuckenden Unterleib spüren.

»Lass ihn bitte noch ein wenig in meiner Möse, bis er klein wird. Es ist gerade so schön.«

»Aber ich muss mal ganz dringend.«

»Dann piss doch einfach. Piss in meine Fotze. Wir sind doch hier auf einer Wiese.«

»Aber ich kann doch nicht in deine Möse pinkeln.«

»Na dann machen wir es doch gemeinsam.«

Maria saß immer noch auf mir und mein Schwanz steckte tief in ihrer Vagina. Mein Harndrang wurde von Sekunde zu Sekunde größer und ich war an einer Stelle angelangt, wo es kein Entrinnen mehr gab. Mir blieb nichts anderes mehr übrig, als es einfach laufen zu lassen. Noch nie vorher hatte ich einer Frau in ihre Vagina gepinkelt. Ich schämte mich so. Gerade in dem Augenblick, als ich anfangen wollte, spürte ich etwas Warmes zwischen meinen Beinen. Maria war mir zuvorgekommen.

»Na, spürst du meine warme Pisse? Gefällt dir das, wie ich auf deinen Schwanz strulle?«

Ich wusste nicht, was ich darauf antworten sollte. Einerseits ekelte ich mich etwas, andererseits fand ich es total geil. In meiner Blase hatte sich eine ganze Menge angesammelt und somit hatte ich einen sehr starken Strahl, der Marias Gebärmutter kitzelte.

»Ist das geil. Ich fühle deinen Strahl. Ich glaube, mir kommt es gleich noch einmal.«

Noch während sie auf meinen Schwanz pinkelte, hatte Maria schon wieder einen intensiven Orgasmus. Sie schrie ihn förmlich heraus, sie stöhnte und wimmerte. Ihre Scheidenmuskeln vibrierten heftig. Inzwischen war auch meine Blase leer und mein Schwanz hatte schon wieder eine enorme Erektion. Die bizarre Situation hatte mich aufs Äußerste erregt und ich konnte mich nicht mehr zurückhalten. Während ihre Vagina immer noch pulsierte, spritzte ich erneut meine Sahne in ihre Möse.

»Stehst du etwa auf so etwas?«, fragte ich sie nach einer kurzen Verschnaufpause.

»Eigentlich nur theoretisch und in meinen erotischsten Träumen. Mit meinem Mann könnte ich solche Spielchen nicht machen. Der würde dies als abartig empfinden. Der würde auch niemals Möse sagen. Auch das findet er ordinär, geschweige denn Fotze. Sag bitte noch einmal ein paar richtig vulgäre Worte zu mir, bevor du gehst.«

Ich kramte noch einmal tief in meiner Wortschatzkiste, aber so viel fiel mir nicht mehr ein. Ich hatte auch gar keine Lust mehr. Nach dieser zweiten Nummer war ich total ausgepowert und musste sogar meinen nächsten Termin an diesem Tag absagen. Das ist mir bis dahin noch nie passiert.

Aber Maria war glücklich, konnte sie doch endlich mal aus sich herausgehen. Wir hatten gleich einen Termin für ein nächstes Treffen vereinbart.

Viola und ?, 31 Jahre

Die Begegnung mit Viola werde ich wohl auch mein Leben lang nicht vergessen. Um es vorwegzunehmen: Nach diesem Erlebnis war mir endgültig klar, dass meine Entscheidung, ein Prostituierter zu werden, richtig war. Im normalen Leben hätte ich derartige Begegnungen wohl kaum gehabt.

Als mich Viola anrief, war sie sehr nervös und stammelte fast nur unvollständige Sätze.

»Viola hier, hallo.«

»Freut mich Viola, was kann ich für dich tun?«

Eigentlich eine selten dämliche Frage. Natürlich wollen die meisten Frauen nur irgendwie sexuell befriedigt werden. Aber, wie das nun mal so ist, man muss ja die Etikette wahren.

»Ja, was kannst du tun? Ich möchte ein Baby, nein *wir* möchten ein Baby.«

»Wir?«

»Nein, ich und …«

»Wer und?«

»Na ich, die Viola, und … wie soll ich dir das sagen?«

»Halt, halt, halt. Ich merke, wir kommen am Telefon nicht zu Potte. Am besten wir vereinbaren ein erstes Treffen. Dort kannst du mir dann alles ganz genau, zum Mitschreiben, erklären.«

»Okay, das können wir machen.«

Bei diesem obligatorischen ersten Treffen erzählte mir Viola dann ausführlich den genauen Grund. Meine Vermutung, dass Viola lesbisch war, bestätigte sich. Die sehr charismatische Viola hatte kurze dunkle Haare und war sehr schlank. Es war nicht zu übersehen, dass sie der männliche und auch dominierende Part in ihrer lesbischen Beziehung war.

Viola und ihre Frau wünschten sich so gern ein Baby. Sie selbst konnte keine Kinder bekommen. Da blieb nur ihre Frau übrig. Die Begattung beziehungsweise die Befruchtung wollten die Beiden jedoch so weit wie möglich anonym ablaufen lassen. Ihre Frau stünde in der Öffentlichkeit und die Wahrscheinlichkeit, dass auch ich sie kennen würde oder gar schon einmal gesehen hätte, wäre sehr groß.

Aus diesem Grund müsste ich bei der Paarung eine Augen-Maske tragen, welche es mir nicht ermöglichen würde, meine Partnerin zu sehen. Außerdem müsste ich Ohrstöpsel tragen, damit ich ihre Stimme nicht identifizieren könnte. Viola würde immer anwesend sein und aufpassen, dass alles seinen Gang geht und, dass wir körperlich zueinander finden. Um ganz sicherzugehen, wären insgesamt vier oder fünf Treffen, beziehungsweise Begattungen, in der fruchtbaren Zeit ihrer Frau notwendig. Die Treffen würden allesamt auf neutralem Platz, sprich in einem Hotel, stattfinden. Natürlich setzten wir auch einen Vertrag auf, in dem vereinbart wurde, dass Viola und ihre Frau keine Ansprüche an mich stellten, usw.

Diese Challenge reizte mich natürlich ungemein. Vor allem auch die sehr gute Vergütung. Wie sollte ich mich nur entscheiden? Ich überlegte nur kurz. Solch eine Gelegenheit konnte ich mir einfach nicht entgehen lassen.

Unser erstes Treffen fand in einem ziemlich großen Hotel, einer sehr bekannten Kette statt. Viola und ihre Frau hatten extra eine größere Suite angemietet. Die Anonymität war somit gegeben.

Viola war sehr besorgt um mich und fragte mich gleich, ob es mir gut ginge. Sie selbst machte einen etwas nervösen und aufgelösten Eindruck.

Ich war sehr gespannt auf das, was da auf mich zukommen würde. Gern hätte ich gewusst mit welcher Frau ich es zu tun bekommen werde, welche Haarfarbe sie hat, wie ihre Stimme klingt, was sie überhaupt für eine Erscheinung ist. Doch meine Partnerin durfte ich nur ertasten. Das war als Einziges erlaubt.

Als ich die Suite, den Raum der Liebe, betrat, war schon alles bis aufs kleinste Detail vorbereitet, wie bei einer großen OP. Es duftete nach orientalischen Räucherstäbchen. Die Temperatur war angenehm kuschelig und ganz leise hörte man aus einem kleinen Lautsprecher klassische Musik erklingen. Mitten im Raum stand ein großes Bett, auf dem ein weißes Laken ausgebreitet war. Daneben befand sich ein Schränkchen mit Handtüchern obendrauf. Auf einem anderen Tisch standen mehrere Getränkeflaschen. Doch ich wollte vorerst nichts trinken. Stattdessen entledigte ich mich umgehend meiner Kleidung.

Der Umstand, dass die Frau, mit der ich gleich schlafen werde, sich im Nebenzimmer befand und die ich vielleicht kennen würde, machte mich sehr nervös. Das zeigte sich vor allem darin, dass mein Penis immer noch keine Reaktion zeigte. Das blieb natürlich auch Viola nicht verborgen, was mir natürlich sehr peinlich war. Plötzlich kamen Versagensängste in mir hoch, die ich bisher noch nie hatte.

»Toni, du brauchst nicht aufgeregt zu sein. Ich werde dich auf deine große Aufgabe langsam heranführen. Ich war auch schon einmal mit einem Mann zusammen und weiß, was in solchen Situationen zu tun ist. Leg dich bitte hin und denke an etwas Schönes! Von mir aus an große Brüste, die ich dir leider nicht bieten kann.«

Ich legte mich auf die Liege und Viola zog sich ihr langes T-Shirt aus. Darunter trug sie kein Höschen und ich konnte ihre rasierte Spalte erkennen. Sie nahm sich einen Stuhl und setzte sich neben mich. Dann nahm sie meinen Penis in die Hand und massierte ihn. Ihre ungewöhnlich zarten Hände erzeugten sofort ein Wonnegefühl in meinem Schaft, der langsam aber sicher an Größe zunahm.

»Ich glaube, jetzt können wir beginnen. Setz' bitte deine Maske auf und stecke die beiden Ohrstöpsel in deine Ohren!«

Die Situation war tatsächlich vergleichbar mit einer Operation, bei der man beginnt, die Anästhesie einzuleiten. Meine Nervosität stieg noch einmal an. Und genau wie bei einer OP, gab es nun kein Zurück mehr. Ein leichter Luftzug verriet mir, dass sich meine Partnerin nun unmittelbar neben mir befand.

Den ersten Körperkontakt, den ich mit ihr hatte, war die Berührung ihres Venushügels. Das war auch logisch, weil sich ihre Schamgegend genau in der Höhe meiner Hand befand. Ich fühlte Haare, aber nicht viele. Das freute mich natürlich, dass sie untenrum nicht rasiert war. Nicht, dass mir das lieber wäre, sondern weil man dadurch auch Schlüsse auf die Partnerin ziehen konnte. Einen derartigen spärlichen Haarwuchs in der Schamgegend haben in der Regel nur blonde Frauen. Wenn ich mich nicht irre, würde Sam Hawkens aus »Winnetou« an dieser Stelle sagen.

Aber egal, meine Hand bewegte sich nun weiter nach oben. Dass meine Partnerin auch obenrum nackt war, erstaunte mich. Was für gut geformte und feste Brüste sie hatte. Nicht zu groß und nicht zu klein. Wie gern hatte ich mir an dieser Stelle die Maske vom Gesicht gerissen, um sie in voller Schönheit zu sehen. Aber das war tabu, sonst wäre mein ganzer Vertrag Null und Nichtig gewesen.

Nun war ihr Gesicht dran. Ihre Wangen fühlten sich zart an, als wäre sie gerade mal achtzehn Jahre alt. Ihre seidigen Haare reichten bis über ihre Schultern. Ich glaubte einen Engel neben mir zu stehen haben. Meinem Schwanz gefiel die Erkundung ihres Körpers sehr, was seine Standfestigkeit um Einiges erhöhte.

Bevor ich endgültig zur Tat schritt, erkundete meine rechte Hand noch einmal ihr Lustzentrum. Ich spürte im Schritt die leichte Feuchte ihres offenen Geschlechts. Ihre prallen Liebeslippen waren weit geöffnet und bereit, meinen steifen Phallus aufzunehmen.

Ich hob meine Hand und gab Viola somit ein Zeichen, dass sich meine Partnerin nun auf mich setzen sollte, um meinen Schwanz in ihre Vagina einzuführen. Doch Viola gab mir deutlich zu verstehen, dass ich erst etwas anderes machen sollte.

Als ich die lustfeuchten Schamlippen meiner Partnerin an meinem Mund vernahm und zusätzlich einen mir nicht unbekannten Geruch, war mir klar, was ich zunächst zu tun hatte. Meine Partnerin kniete über meinem Gesicht. Ihre Schamlippen waren weit geöffnet und sehr feucht. Ich gab alles, um ihr Lustzentrum mit meiner Zunge zu verwöhnen. Mit meiner Zunge erkundete ich ihren Schoß. Ich schloss meine Lippen um ihre Liebesknospe und züngelte an ihrem Lustpunkt. Leider konnte ich wegen der Ohrstöpsel ihre Reaktionen akustisch nicht wahrnehmen. Nur ihre zunehmende Feuchtigkeit konnte ich wohlwollend zur Kenntnis nehmen. Sie troff vor Nässe.

Nach dieser stimulierenden oralen Befriedigung gingen wir zum Wesentlichen über. Die fremde Frau setzte sich auf mich und versenkte langsam meinen Penis in ihre Vagina. Erst ganz langsam, doch schon bald begann sie sich immer schneller auf und ab zu bewegen. Ich fasste mit beiden Händen ihren Po, das war mir erlaubt. Immer dann, wenn sie sich nach vorn beugte, spürte ich ihre festen Brüste auf meinem Bauch oder auch in meinem Gesicht.

Ich hatte den Eindruck, dass sie den Akt nicht unnötig in die Länge ziehen wollte, denn sie setzte geschickt ihre Scheidenmuskeln ein, um meinen Schwanz zu stimulieren. Die Tatsache, dass ich mit einer Frau schlief, die ich nicht sehen konnte und dieser sinnliche Reiz, der von ihrer Vagina ausging, erregte mich dermaßen, sodass ich mich voll und ganz der Liebeslust hingab.

Schon bald konnte ich mich nicht mehr zurückhalten und spritze meinen Samen in ihren fruchtbaren Schoß. Gleich danach legte sie sich auf den Rücken. Somit konnte mein Sperma besser sein Ziel erreichen. Einen kurzen Augenblick verharrte meine Partnerin in dieser

Position, dann begab sie sich wieder ins Nebenzimmer.

Ich hatte meine Aufgabe erfüllt. Jetzt konnte ich endlich meine Maske abnehmen. Ich zog mich wieder an und wir vereinbarten die nächsten Termine, die in den kommenden vier Tagen stattfinden sollten.

Einige Monate später erfuhr ich von Viola, dass unsere Aktion erfolgreich war. Sie freuten sich auf ein Mädchen, das sie Emma nennen wollten.

Dorle, 33 Jahre

Diesen Typ Frau, wie Dorle es war, habe ich in meinem Leben nur einmal getroffen. Bis zwei Monate vor unserem Treffen war Dorle einer Sekte ausgeliefert. Ausnahmsweise trafen wir uns diesmal nicht in einem Café, sondern in der freien Natur, genauer gesagt in einem Park.

Dorle, eine sehr schlanke und hübsche Frau mit langen, lockigen rotbraunen Haaren, erzählte mir alles über sich. Zwei Monaten zuvor war der Sektenführer plötzlich verstorben und die Sekte löste sich auf.

Den Mitgliedern war quasi alles Schöne, was es auf der Welt gibt, verboten. Sie durften keinen Kaffee, trinken, nur Wasser oder Tee. Alkohol war sowieso tabu. Auch jeglicher Geschlechtsverkehr war ihnen untersagt. Sie durften kein Fleisch essen, ausgenommen tierische Produkte, wie Eier und Milch. Ansonsten waren nur pflanzliche Produkte erlaubt. Auf sämtliche kosmetische Produkte mussten sie verzichten. Das heißt, sie durften sich nicht schminken und nur mit kaltem Wasser waschen. Darüber hinaus mussten sie sämtliches Geld, was sie verdienten, abgeben und bekamen nur ein kleines Taschengeld.

Dorle erzählte mir auch, wie sie in die Fänge dieser Sekte gekommen war. Sie ist ohne Eltern, in einem Heim aufgewachsen. Nachdem sie 18 Jahre geworden war, hatte sie sich eine eigene Wohnung genommen. Dorle war spielsüchtig und hat ihr ganzes Geld ins Casino geschafft. Nach zwei Jahren war sie hoch verschuldet. Ihr verdientes Geld als Kassiererin an einer Supermarktkasse reichte hinten und vorne nicht. Der Schuldenberg wurde immer größer.

Dann lernte sie im Supermarkt eine Frau kennen, die Dorle Hilfe anbot. Sie war Mitglied dieser Sekte. Dorle glaubte ihr und versuchte, sich an jeden Strohhalm zu klammern, der ihr in die Hände kam. So geriet sie geradewegs in die Fänge dieser Sekte.

Ihre Wohnung musste Dorle aufgeben und zog in eine Wohnwagensiedlung, die dieser Sekte gehörte. Etwa 15 Wohnwagen standen auf einem großen Platz. Immer zwei gleichgeschlechtliche Personen lebten in solch einem Wagen. Alle sechs Monate wurden die Partner ausgetauscht. Sie mussten nämlich gegenseitig die Einhaltung der Regeln kontrollieren. Für jeden Verstoß des anderen, der gemeldet wurde, gab es einen Punkt. Wer am Jahresende die meisten Punkte hatte, rutschte im Rang eine Stufe höher.

Die Sekte gab es zwar seit zwei Monaten nicht mehr, aber nur sehr langsam kehrte wieder Normalität ein. Jeder konnte wieder über sein verdientes Geld verfügen. Die eingefahrenen Gleise zu verlassen gelang den ehemaligen Mitgliedern jedoch nur langsam. Was man sich über Jahre hinweg angewöhnt hatte, konnte man nicht von heute auf morgen ändern. Dorle wusch sich immer noch nur mit Wasser und auch auf Fleisch verzichtete sie.

Seit vier Wochen hatte sie einen neuen Job in einer Anwaltskanzlei, wo sie auch ganz gut verdiente. Und in ein paar Wochen, so erzählte sie mir, würde sie in eine neue Wohnung ziehen.

Langsam fand sie auch zurück zur Sexualität. Momentan hatte sie nur Sex mit ihrer Wohnpartnerin, mit der sie lesbischen Sex praktizierte. Sie hätte jedoch gern mal mit einem Mann geschlafen, was sie noch nie im Leben getan hatte. Durch ihre Spielsucht lebte sie sehr zurückgezogen. Männer passten da nicht hinein.

In der Sektenzeit war Selbstbefriedigung zwar verpönt, aber verbieten konnte man es den Mitgliedern nicht. Wer sollte es auch kontrollieren? Auf Arbeit war kein Sektenmitglied, der es kontrollieren konnte. Auf der Toilette war man alleine. Dort mussten öfter mal die Hand oder ein paar Finger von ihr herhalten.

Im Wohnwagen auch. Der Mitbewohner war zwar angehalten, Selbstbefriedigung zu melden. Aber getan hat es keiner, weil natürlich beide es taten. Was blieb ihnen auch anderes übrig?

»Einmal hatte Evelyn, meine Mitbewohnerin, mich dabei erwischt, wie ich es mir im Bett mit meiner Hand selbst besorgte. Ich dachte, Evelyn wäre draußen auf dem Klo. Auf einmal stand sie neben mir. Ich habe sie nicht kommen hören, außerdem schließe ich beim Masturbieren immer die Augen.

Sie ließ einfach ihren Rock fallen und berührte ebenfalls ihre Möse. Genau wie ich fing sie an, sich zu reiben. Gleichzeitig sah sie mir zu. Sie steckte sich erst einen Finger in ihre Vagina, dann zwei. Zunächst schauten wir uns ernst an, doch schon bald hatten wir Spaß an unserem Tun und lachten, wie kleine Kinder. Immer intensiver onanierten wir voreinander, bis wir schließlich gleichzeitig zum Höhepunkt kamen.«

Manchmal hatte Dorle auch Orgasmen auf der Toilette beim Pinkeln, erzählte sie mir. Sie wartete immer so lange, bis sie den Druck in der Blase kaum noch aushielt. Wenn dann der Strahl aus ihrer Möse schoss, bekam sie einzigartige Orgasmen.

Ich staunte, wie offen Dorle bereits beim ersten Treffen von ihrer Sexualität sprach und war sehr gespannt auf unsere erste Begegnung.

Der Tag kam und ich besuchte sie endlich im Wohnwagen. Außer ihrem Wagen, standen dort noch 14 andere, von denen jedoch nur noch zwei bewohnt waren. Die anderen Bewohner waren in der Zwischenzeit in eine richtige Wohnung gezogen.

Marias Mitbewohnerin, die Evelyn, war noch auf Arbeit. Dorle trug einen langen, braunen Rock und dazu eine helle, sehr transparente Bluse. Darunter konnte ich keinen BH entdecken. Deutlich zeichneten sich die zarten Rundungen ihrer kleinen Brüste und ihre Nippel ab.

»Zieh dich doch schon mal aus. Ich muss nur noch mal pinkeln.«

Sie verließ den Wohnwagen, hob ihren Rock an und pinkelte im Stehen unmittelbar vor den Wagen. Einen Slip hatte also auch nicht an. Als sie mit dem Pinkeln fertig war, nahm sie ihren Rock und wischte sich damit unten herum ab. Das war schon etwas ungewöhnlich. In der Wohnwagensiedlung gab es natürlich eine Toilette, aber eben nur eine für alle Wagen. Dort ging man in der Regel nur für das große Geschäft hin. Meist suchte man sich zum Pinkeln eine geeignete Stelle in der näheren Umgebung. Aber direkt vor den Wohnwagen zu pinkeln war eher ungewöhnlich.

Nachdem sie wieder im Wagen war, zog auch sie sich aus und stellte sich nackt vor mich hin. Dorle hatte in ihren Leben noch nie die Bekanntschaft mit einem Rasierapparat oder einer Rasierklinge gemacht. Am ganzen Körper war sie behaart, besonders aber an ihren Achseln und zwischen den Beinen.

»Ich habe dir ja bereits erzählt, dass ich noch nie mit einem Mann geschlafen habe. Ich bin sehr nervös und aber auch ganz schön geil. Willst du mal fühlen?«

Dorle nahm meine Hand und führte sie an ihren Busch. Selten hatte ich solch eine nasse, triefende und dazu noch stark behaarte Möse berührt. Der Liebessaft lief ihr bereits an den Schenkeln herunter, oder waren es etwa die Reste vom Pinkeln.

Ich roch an meiner Hand. Es war der typische Duft der Frauen, den die meisten von ihnen heutzutage mit häufigem Waschen und natürlich kosmetischen Produkten zu verdrängen versuchen. Aber nicht Dorle. Sie stand zu ihrer Natürlichkeit.

»Rieche ich komisch? Ekelst du dich etwa vor mir? Dann sag' es gleich, bevor wir weitermachen.«

»Nein, nein, es ist nur …«

»Was ist nur?«

»Es ist nur ungewöhnlich. Du pinkelst im Stehen vor der Hütte und wischst dich mit deinem Rock ab. Von deiner Möse geht ein strenger Geruch aus, als ob du dich tagelang nicht gewaschen hättest.«

»Magst du keine natürlichen Frauen. Dann sag es und wir lassen das.«

»Nein, das ziehen wir jetzt durch. Eigentlich wollte ich dich ja vorher mit meiner Zunge in Stimmung bringen. Ich schlage aber vor, dass wir diesen Teil überspringen und gleich zum Wesentlichen kommen. Ich leg' mich jetzt da hin, auf den Rücken und du setzt dich auf mich.«

Dorle kletterte etwas ungeschickt auf mich. Aus ihrer Möse tropfte Liebessaft. Ihr ganzer

Körper war schweißgebadet, was man auch roch. Da hatte ich mir ja was eingebrockt. Aber da musste ich jetzt durch. Sie nahm meinen Schwanz in die Hand und führte ihn sich langsam ein.

»Na das klappt ja besser als ich dachte. Mein Schwanz ist sicher nicht der erste Gegenstand der deine Vagina kennengelernt hat. Hab ich recht?«

Dorle lächelte verschämt.

»Früher musste alles Mögliche für einen Orgasmus herhalten. Was eben gerade zur Verfügung stand. Im Sommer waren es meistens Gurken. Die gab es genügend und in verschiedenen Größen. Im Winter mussten die Finger meiner Hand herhalten, oder was gerade in der Nähe war. Auch Kerzen waren beliebt.«

Dorle ritt auf mir herum, als würde sie den ganzen Tag nichts anderes tun. Dass dies ihr erstes Mal mit einem Mann sein sollte, kaufte ich ihr nicht ab.

Als Dorle kurz vor ihrem Höhepunkt war, öffnete sich die Tür des Wohnwagens und Evelyn kam herein.

»Hi, ihr seid ja schon mittendrin. Wolltest du nicht auf mich warten?«

Ich schaute Dorle fragend an und Dorle stoppte ihre Bewegungen.

»Was meint sie damit?«, fragte ich leicht verwundert. »Ein Dreier war aber nicht geplant.«

»Du hast ja recht. Ich musste ihr ja etwas versprechen. Evelyn möchte auch gern gefickt werden. Sie hat sehr lange darauf verzichten müssen. In dieser Zeit jemanden kennenzulernen ist nicht einfach. Und uns immer nur gegenseitig die Mösen zu lecken oder es der Partnerin mit einem Gummischwanz zu besorgen, wird auf die Dauer auch langweilig. Komm, sei kein Frosch, wir beziehen Evelyn mit ein. Du bekommst auch das Doppelte.«

»Meinetwegen.«

Als Evelyn dies hörte, zog sie sich gleich aus. Auch sie trug keine Unterwäsche. Evelyn war ein ganz anderer Typ als Dorle. Sie war viel kleiner, hatte blonde, kurze Haare und etwas fraulicher. Das heißt, sie hatte sehr üppige Titten.

Während ich mit Dorle an der Stelle weitermachte, wo wir aufgehört hatten, kniete sich Evelin über meinen Kopf und ich leckte ihre Möse. Sie war zwar nicht so üppig behaart, wie die von Dorle, roch jedoch nach dem gleichen Parfüm, wenn Sie wissen, was ich meine.

Nun hatte ich doch noch eine natürliche Möse im Gesicht. Bei Dorle kam ich noch einmal drum herum. Je länger ich Evelyns Möse vor der Nase hatte, desto besser gefiel mir ihr Duft. Ja, er machte mich sogar immer geiler. Dazu kam, dass Dorles Bewegungen immer schneller wurden. Zum Glück erreichte Dorle vor mir ihren Höhepunkt, sodass anschließend auch Evelyn zu Zuge kam. Ihre Vagina war sehr viel enger gebaut und so dauerte es keine zwei Minuten bis auch ich abspritzte.

»Oh Mann eh, sag bloß, du bist schon gekommen?«, fragte Evelyn enttäuscht. »Das waren ja nicht mal zwei Minuten. Und nun? Das reicht mir nicht. Soll ich nun mit meinem Dildo weitermachen, oder kommt da noch mal was von dir?«

»Machen wir eine kurze Pause. Dann bekommst du, was du dringend brauchst.«

»So lange kann ich nicht warten. Wenn ich einmal angefangen habe, dann muss ich es auch zu Ende bringen.«

Evelyn legte sich aufs Bett und mit ihrer Hand massierte sie intensiv ihre Lustöffnung. Die Liebessäfte tropften aus ihrer angeschwollenen Mitte. Dazu stöhnte sie ziemlich laut. Dorle und ich schauten ihr beim Masturbieren zu und spornten sie sogar noch an.

Mein Schwanz erholte sich unterdessen sehr schnell. Als Evelyn schließlich ihren Höhepunkt erreichte, setzte sie sich umgehend wieder auf meinen Schwanz. Ich spürte die Zuckungen in ihrer Vagina und war froh, dass nun auch Evelyn ihre Freude hatte.

Einen Monat später hatten Dorle und Evelyn eine Wohnung bezogen. Dorle rief mich gleich an und lud mich zum Kaffee ein. Als ich ihre Wohnung betrat, traute ich meinen Augen und meiner Nase nicht. Beide waren beim Friseur, hatten sich neu eingekleidet und ihre Wohnung roch nach Seife oder Duschbad.

»Da staunst du, was? Wir haben beide gerade geduscht, sogar mit Seife. Willst du mal schnuppern?«

Ich kam aus dem Staunen nicht mehr heraus. Aus Dorle und Evelyn sind total andere Menschen geworden.

»Hast du heute Lust auf einen Dreier mit zwei frisch gewaschenen Girls?«

»Wenn ihr mich so lieb darum bittet, sehr gern.«

Daraus ist leider nichts mehr geworden. Ich bekam einen Anruf, dass ich dringend ins Krankenhaus kommen sollte. Meiner Mutter ging es nicht gut. Gott sei Dank war es nichts Schlimmes. Nach zwei Tagen konnte sie schon wieder entlassen werde.

Dorle und Evelyn sah ich nie wieder.

Frau Gräfin, 48 Jahre

Weil wir einige Seiten vorher nun schon mal bei Augenmasken waren, möchte ich gleich von einem weiteren ganz besonderen Erlebnis berichten, bei dem eine derartige Maske eine Rolle spielte. Dieses Erlebnis hatte ich mit einer Gräfin von, ich sage einfach mal, Lummerland.

Unser obligatorisches Vorgespräch lief erwartungsgemäß routinemäßig ab. Ich erfuhr von ihr, dass sie von ihrem Mann getrennt lebte. Jedoch hielten sie es vor der Öffentlichkeit geheim. Seit der sogenannten Trennung hatte eine Zeit lang einen Liebhaber, der sich jedoch mit ihrer behinderten Tochter nicht vertrug.

Die Tochter der Gräfin hatte mit 12 Jahren einen Reitunfall und war seitdem querschnittsgelähmt. Eines Tages erwischte die Gräfin ihren Liebhaber, wie er versuchte, ihre Tochter zu vergewaltigen. Sofort kündigte sie ihm die Freundschaft und zeigte ihn an. Seitdem war sie auf der Suche nach einem Ersatz für ihren Liebhaber.

Ich besuchte die Gräfin in ihrem Schloss. Es war August, also mitten im Hochsommer. Dieser machte an diesem Tag seinem Namen alle Ehre. Sie empfing mich in einem etwa 100

Quadratmeter großen Raum, in dem in der Mitte ein großer Tisch mit Stühlen stand. Ringsherum befanden sich mehrere Sofas und Liegen. Sie nannte es das Spielzimmer. Was dies bedeutete, erzähle ich später.

Die Gräfin wollte gleich zur Sache kommen. Alles, was sie wollte, war Sex und Befriedigung, wie sie mir bei unserem ersten Treffen auch so offen verriet. Die einzige Bedingung war, ich durfte sie nicht nackt sehen, sondern musste mir die Augen verbinden lassen. Dies erledigte eine ihrer vielen Zofen.

An dieser Stelle möchte ich bemerken, dass mir die Anwesenheit der Zofen etwas suspekt war. Sie konnten alles mitverfolgen und uns beim Kopulieren zusehen.

Vor den musternden Augen der Zofen zog ich mich nackt aus. Ich schämte mich etwas, da mein Schwanz vor lauter Aufregung bereits etwas an Größe gewonnen hatte. Doch was war das. Die Zofen zogen sich auf einmal auch aus. Alle waren sie bildhübsch und lachten mich ständig an. Nun war es ganz aus. Mein Schwanz erreichte im Nu Kampfesgröße.

Nachdem wir alle splitternackt gewesen waren, verschwand die Gräfin für einen kurzen Augenblick, dann rief sie mich. Vorher verband mir eine der Zofen die Augen. Eine Zofe führte mich zu einem der vielen Sofas, vor das ich mich knien sollte. Ich musste die Gräfin zunächst oral verwöhnen. Sie war nicht rasiert und ihre letzte Intimwäsche schien auch schon etwas länger her gewesen sein. Jedenfalls ging von ihrem Intimbereich ein etwas strenger Geruch aus. Ich spielte mit meiner Zunge an ihrer Pussy. Ihre Schamlippen klafften weit auseinander. Dazwischen war sie nass, wie ein reifer Pfirsich. Mit kreisenden Bewegungen verwöhnte ich ihre vor Erregung angeschwollene Knospe.

»Komm endlich und mach es mir!«, hörte ich sie leise rufen. Ich stand auf und brachte mich langsam in die richtige Position. Mein Schwanz war längst einsatzbereit und es konnte losgehen.

»Fang bitte langsam an und tue mir nicht weh.«

»Wie sie möchten, Hoheit«, scherzte ich.

Mein Penis drang langsam ich ihre nasse Vagina ein. Doch was war das? Ich spürte einen kleinen Widerstand. Jungfrau konnte sie doch nicht sein. Schließlich hatte sie eine Tochter. Vielleicht ist die Kleine aber adoptiert worden. Ich versuchte, das Problem zu überspielen und stieß einfach fester zu. Da hörte ich einen leisen Seufzer, oder war es ein Stöhnen?

»Ja, endlich. Das ist schön.«, sagte jemand leise, doch es war nicht die Stimme der Gräfin. Ich erschrak, riss mir die Binde von den Augen und traute meinen Augen nicht. Ich bumste nicht die Gräfin, sondern ihre querschnittsgelähmte Tochter.

»Was ist hier los?«, schrie ich und zog sofort meinen Schwanz aus der Muschi ihrer Tochter. Sofort war eine Zofe zur Stelle und wischte mir das Blut von meinem Penis.

»Wollt ihr mich verarschen?«, fragte ich die Gräfin, die neben dem Sofa angezogen auf einem Sessel saß.

»Ich kann dir alles erklären. Es war Evas sehnlichster und einziger Wunsch zu ihrem heutigen achtzehnten Geburtstag. Bitte verzeih mir.«

»So etwas ist nicht zu verzeihen. Was Sie da eben getan haben, ist in meinen Augen strafbar, obwohl ihre Tochter anscheinend ihre Zustimmung gegeben hat. Ich werde Sie anzeigen.«

Schnell zog ich mich wieder an und verließ wutentbrannt das Schloss der Gräfin.

Nach ein paar Tagen rief die Gräfin bei mir an und erzählte mir, dass sie alles wieder gut machen und mich zum Essen einladen wollte. Sie wollte mir alles genau erzählen und sich bei mir in aller Form entschuldigen. Sie meinte auch, dass bei der Begegnung alles mit rechten Dingen zugegangen wäre, weil alles im Einverständnis passierte. Nach langem Zögern sagte ich schließlich zu.

Ich begab mich also zum vereinbarten Termin erneut in das Schloss der Gräfin. Der große Tisch war nur für uns Beide gedeckt, und zwar mit allem, was man sich nur denken konnte. Vom feinsten Truthahn, über Seelachs und leckeren Rinderrouladen bis hin zu dem zartesten Lammfilet, was ich bis dahin gegessen hatte.

Das Essen zog sich über zwei Stunden hin.

Als wir fertig waren, meinte die Gräfin: »Und nun kommen wir zur Nachspeise.«

Ich schaute zur Tür, wo ich eine ihrer Bediensteten mit einer ganz besonderen Leckerei erwarte, doch es kam niemand. Stattdessen erhob sich die Gräfin, kam auf mich zu und sagte: »Ich bin der Nachtisch. Bediene dich! Du kannst alles mit mir machen, was du willst.«

Dann öffnete sie ihr Kleid und ließ es auf den Boden fallen. Nun stand sie vor mir, so wie Gott sie erschaffen hatte und ich war sprachlos, wie noch nie in meinem Leben. Nachdem ich einige Male tief eingeatmet und nach einer Antwort gerungen hatte, sagte ich: »Wie schön du bist.«

Das war keineswegs gelogen. Ihr lockiges brünettes Haar lag auf ihren nackten Schultern. Die roten Nippel ihrer vollen Brüste standen hervor, als wollte sie mich bitten, sie zu liebkosen. Ihr schwarzes Büschel zwischen ihren Beinen war ein wenig gestutzt, jedoch immer noch sehr buschig.

»Gefällt dir, was du siehst? Ich meine, der Nachtisch. Oder möchtest du etwas anderes.«

»Ich bin zwar satt«, gestand ich, »aber sowas geht immer.«

Die Gräfin legte sich auf eines der vielen Sofas. Ihre Schenkel öffneten sich für mich.

»Du kannst ja erst einmal eine Kostprobe nehmen.«

Dabei zeigte sie auf ihre Vagina, deren Schamlippen weit auseinanderklafften und im Schein der vielen Lampen vor Nässe glitzerten. Das war natürlich eine eindeutige Aufforderung an mich. Sofort erfüllte ich ihren Wunsch und fing an, ihr dunkles Heiligtum zwischen ihren Schenkeln intensiv zu lecken. Dabei bekam ich mit, dass sich immer mehr Leute in unseren Raum schlichen, junge Frauen und junge Männer. Alle waren sie nackt, sehr hübsch und gut gebaut. Ich konnte kaum glauben, was ich da sah. Es war wie ein Traum. Ich war wie in Trance, wie unbekannterweise in einem Drogenrausch. War da etwa etwas im Essen? Hatte mich die Gräfin heimlich unter Drogen gesetzt? Es sah ganz danach aus. Ich weiß bis heute nicht, ob ich die folgenden Szenen selbst erlebt oder nur geträumt hatte.

Wir wechselten die Stellung, ich lag unten und die Gräfin ritt auf mir. Ein junger Mann gesellte sich zu uns, der der Gräfin seinen erigierten Penis in den Mund steckte. Dann kniete sich eine junge Frau über mein Gesicht und ich sollte ihre Möse lecken.

Die Gräfin stieg von mir, jetzt leckte ich ihre Möse. Eine andere Frau setzte sich auf meinen Schwanz. Ich spritzte mein Sperma tief in ihre Möse. Eine Frau nahm meinen Schwanz in ihren Mund, ich spritzte schon wieder. Ich hatte keinen Durchblick mehr, was mit mir geschah. Alles um mich herum drehte sich. Die grelle Beleuchtung im Raum wechselte ständig ihre Farben. Die Stimmen der Personen klangen dumpf, als wenn ich mich unter Wasser befinden würde.

Langsam kam ich wieder etwas zu mir. Ich schaute zu den anderen Sofas. Sie waren alle belegt, sogar auf dem Fußboden fielen die nackten, schwitzenden Körper übereinander her. Meist waren mehrere Männer mit einer Frau beschäftigt. Sie steckten ihre steifen Schwänze in sämtliche Körperöffnungen der Frauen.

Sodom und Gomorrha, dachte ich so bei mir. Da erschien wieder die Gräfin.

»Na, habe ich dir zu viel versprochen?«

Ich schüttelte den Kopf.

»Dann können wir ja zum großen Finale übergehen.«

Eine Zofe führte mich in ein riesiges Badezimmer. In der Mitte stand eine große Wanne, oder war es gar ein Whirlpool? Ich sollte mich hineinlegen. Nun stellte sich eine Frau nach der Anderen über mich in die Wanne und pinkelte mich von oben bis unten an.

»Na, gefällt es dir?«, fragte die Gräfin.

»Etwas gewöhnungsbedürftig.«

Eigentlich stehe ich ja nicht auf Natursekt, aber die Frauen waren dermaßen hübsch, dass mich diese Situation mächtig erregte. Es müssen über zwanzig junge Frauen gewesen sein, die mir jeweils über einen Liter ihres Blaseninhaltes auf meinen Körper gespritzt hatten. Danach war ich wieder putzmunter. Als ich mich ausgiebig geduscht hatte und in das Zimmer der Gräfin kam, um mich wieder anzuziehen, waren alle Frauen und Männer plötzlich verschwunden.

»Wo sind die denn alle hin?«, fragte ich die Gräfin.

»Wen meinst du?«

»Ach nichts, ich war gerade etwas in Gedanken.«

Dann bedankte ich mich für das Essen und verabschiedete mich.

Sonja, 55 Jahre

Wie ich in meinem Vorwort bereits erwähnte, hatten einige Frauen den Wunsch, sich mit mir außerhalb der Wohnung zu treffen, wie zum Beispiel Sonja. Ein Hotel kam für sie nicht infrage, da ihr Mann, ja sie war verheiratet, Hoteldirektor im Nachbarort war. Dadurch war Sonja bekannt, wie der sprichwörtliche »bunte Hund«. Wir einigten uns deshalb, dass wir uns auf einem Parkplatz im nahegelegenen Wald treffen wollten. Diesmal verzichtete ich also auf die sonst übliche Tasse Kaffee zum näheren Kennenlernen, weil wir im Wald dazu genügend Gelegenheit hatten.

Nach einem kurzen, etwa zehnminütigen Spaziergang, stellten wir gemeinsam fest, dass wir uns sympathisch fanden. Dem Liebesakt stand nun nichts mehr im Wege.

Sonja erzählte mir, dass sie und ihr Mann sich auseinandergelebt hatten, eine Scheidung aber nicht zur Debatte stünde. Auf Sex wollte sie jedoch nicht verzichten und wollte es ausnahmsweise einmal auf diese Art versuchen. Hatte Sonja etwa auch das Potenzial zu einer Stammkundin?

Sonja stieg nun in mein Auto und wir fuhren noch etwas tiefer in den Wald hinein. Bis an eine Stelle, wo sich zwei Waldwege kreuzten und wir eine gute Sicht in alle Richtungen hatten. So konnten wir gut erkennen, ob sich ein Mensch näherte.

Es war sehr heiß an diesem Tag. Gott sei Dank schützten uns die Blätter der dicht stehenden Bäume vor der prallen Sonne. Sonja zog sich fix ihr weich fließendes Sommerkleid und ihr Höschen aus und stand im Handumdrehen nackt vor mir.

Ich staunte, was sie für eine knackige, sportliche Figur hatte, schließlich war sie mit ihren 55 Jahren nicht mehr die Jüngste. Ihre festen Brüste waren gut geformt und ihre Vagina war glatt rasiert. Die blonden Haare auf dem Kopf trug sie kurz. Ihre Frisur passte somit ausgezeichnet zu ihrer sportlichen und sympathischen Erscheinung.

Nachdem ich mich ebenfalls meiner Sachen entledigt hatte, fragte ich Sonja: »Wie hättest du es gern?«

»Ich schlage vor, ich beuge mich über die Motorhaube und du machst es mir von hinten. Aber pass auf, dass du das richtige Loch triffst. Ich mag es nicht anal befriedigt zu werden.«

»Ich gebe mir Mühe«, scherzte ich.

Sie beugte sich also über die Motorhaube.

»Halte dich an meinen Brüsten fest. Ich glaube, sie haben die richtige Größe für deine Hände.«

Was ich dann auch tat. Mein Schwanz wartete schon lange auf den Startschuss. Nun endlich konnte er zum Einsatz kommen. Mit meiner linken Hand ertastete ich die richtige feucht-warme Körperöffnung. Langsam schob ich meinen Schwanz immer tiefer in ihre Vagina, was Sonja durch einen lauten Seufzer freudig zur Kenntnis nahm. Ihre Brüste schaukelten aufreizend in meinen Händen.

»Oh, ist das schön. Steck ihn ganz tief rein und dann fick mich so, wie du noch nie eine Frau gefickt hast«, spornte mich Sonja an.

Ich gab mein Bestes und ich hatte tatsächlich den Eindruck, dass die Frequenz meiner Stöße noch nie so hoch war, wie bei Sonja. Als wir mittendrin im Geschehen waren, hörte ich sie leise murmeln: »Mist ich hätte vorher noch schnell …, egal.«

Den Rest hatte ich nicht verstanden.

Obwohl uns das Laub der Bäume Schatten spendete, war die Luft sehr heiß und schwül. Der Schweiß lief mir am ganzen Körper herunter und ich hoffte so sehr wie noch nie, bald zum Ende zu kommen.

Endlich war es dann so weit. Sonja rief so laut sie nur konnte: »Ja, ja, ich komme. Spritz, komm in mir. Lass es rein, ja, ich kann es spüren.«

Gleichzeitig vernahm ich das Pochen ihrer Vagina und ich leerte meine Hoden vollständig in ihre tropfende Möse. Nach dem letzten Spritzer zog ich meinen Penis aus ihrem klaffenden Loch und setzte mich auf einen abgesägten Baumstamm, der sich etwa drei Meter von meinem Auto entfernt befand. Ich versuchte meinen Puls wieder auf Normalität zu bringen. Sonja hingegen befand sich immer noch in der gebeugten Stellung über der Motorhaube.

»Bist du weit genug weg?«, fragte sie.

»Warum?«

»Weil ich mal muss, ganz dringend. Ich kann es kaum noch halten. Ich hätte vorher noch schnell pinkeln sollen. Ich pisse gleich dein Sperma wieder raus.«

Was sie mit dem Sperma rauspissen meinten, verstand ich zu diesem Zeitpunkt nicht. Hatte sie etwa keine Ahnung von der Anatomie einer Frau? Die Pissöffnung ist doch ganz vorn und mein Sperma befand sich hinten vor ihrer Gebärmutter. In dieser nach vorn gebeugten Haltung wird es auch dort bleiben, da kann sie sich noch so sehr anstrengen zu pinkeln.

»Ja, ja, ich sitze hier weit weg von dir, kann dich aber von hinten noch gut sehen.«

»Dann pass auf!«

Mit beiden Händen zog Sonja ihre Pobacken weit auseinander und somit auch ihre großen Schamlippen. Ich konnte sogar sehr deutlich ihre Pissöffnung sehen. Das war vielleicht mein Verhängnis.

Plötzlich schoss ein starker Strahl genau aus dieser kleinen Öffnung und traf mich, obwohl ich etwa drei Meter hinter ihr saß, mitten im Gesicht. Der Strahl, der vergleichbar mit einem C-Rohr der Feuerwehr war, verhinderte, dass ich durch die Nase atmen konnte. Ich öffnete instinktiv meinen Mund und ihr Strahl fand den direkten Weg in meinen Magen. Das fand ich nun nicht mehr lustig. Zum Glück war das Spektakel nur kurz, kurz aber heftig.

»Hey, spinnst du«, schrie ich sie an. »Das finde ich jetzt nicht so prickelnd.«

»Entschuldige bitte, ich dachte, du wärst weit genug entfernt. Ich wollte gleich wieder alles rauspinkeln.«

»Aber doch nicht so.«

Sonja erhob sich von ihrer gebeugten Haltung, kam zu mir und stellte sich mit gespreizten Beinen vor mich. Aus ihrer Möse tropfte mein Sperma.

»Da ist ja immer noch was drin.«

Ich schüttelte den Kopf und fand es gescheiter, ihre Worte nicht zu kommentieren. Wir zogen uns an, das heißt, Sonja warf nur ihr kurzes Sommerkleid über. Das winzige Höschen ließ sie weg.

Zum Abschluss unseres Treffens machten wir noch einen kleinen Spaziergang im Wald, bei dem wir bereits das nächste Treffen vereinbarten. Schließlich mussten wir das schöne Sommerwetter ausnutzen. Im Winter wären solche Treffen sehr wohl schwieriger.

Als wir wieder am Auto waren, sagte Sonja: »Eigentlich bin ich schon wieder heiß. Hast Du noch einmal Lust auf ein Quickie?«

Sonja schaute mich fragend und zugleich bittend an.

»Komm schon, setz dich auf den Baumstamm dort und ich setze mich auf dich.«

Dabei nahm sie meine Hand und führte sie an ihre Möse.

»Fühlst du meine Lust?«

Ich lachte und sagte: »Du bist vielleicht ein geiler Nimmersatt. Du bist ja nass bis zu den Knien«, zog meine Hose aus und setzte mich auf den Baumstamm.

Sonja kniete sich zunächst vor mich und bearbeitete meinen Prügel abwechselnd mit der Hand und ihrem Mund, bis er wieder einsatzbereit war. Dann hob sie etwas ihr Kleid an und führte sich meinen steifen Penis in ihre nasse Spalte. Ihre Bewegungen waren sehr schnell, intensiv und äußerst zielgerichtet. Es dauerte nur wenige Sekunden, bis sie zum zweiten Mal ihren Höhepunkt erreichte.

Solche besonderen Erlebnisse bleiben natürlich in Erinnerung, die vergisst man nie.

Yvette, 39 Jahre

Weil wir gerade bei den ekligen Erlebnissen sind. Mit Yvette erlebte ich mit Abstand das Ekelhafteste, das ich jemals bei einer Kundin erlebt habe. Ich warnte Sie ja bereits vor. Leser, die empfindlich sind, sollten dieses Kapitel lieber überspringen.

Bei unserem standardmäßigen ersten Treffen im Freisitz eines Gasthofes bekam ich zunächst einen sehr guten Eindruck von Yvette. Sie war nett, wirkte sehr weltoffen und gebildet. Yvette arbeitete als Assistenzärztin in einer Uniklinik. Mir kam bis dahin schon öfters zu Ohren, dass es Ärzte manchmal faustdick hinter den Ohren haben sollen, doch verstand ich dies eher als Mythos.

Yvette hatte halblange, dunkelblonde Haare, eine sportliche Figur und ein niedliches Gesicht mit einer sehr positiven Ausstrahlung. Unter ihrem Top trug sie keinen BH, was bei der Größe ihrer Brüste auch nicht notwendig gewesen wäre. Seit einem Jahr war sie geschieden. Bisher hatte sie noch nicht wieder einen zu ihr passenden Mann gefunden. Sie war nahe daran, die Suche aufzugeben, doch der menschliche Fortpflanzungstrieb, die Suche nach Sex war größer. Um jenem Trieb zwischenzeitlich nach-zugeben, versuchte sie es auf diese Weise.

Nachdem die Sonne untergegangen war, wurde es ein wenig frisch im Freisitz und die Nippel ihrer Brüste zeichneten sich deutlich unter dem dünnen Stoff ihres Tops ab. Yvette war es sichtlich peinlich und sie versuchte ständig ihre Arme davor zuhalten. Ich gab ihr zu verstehen, dass mich dieser Anblick keines-wegs störte, im Gegenteil. Jedenfalls waren wir beide am Ende unseres Treffens der Meinung, dass die Chemie zwischen uns stimmte.

Als ich ein paar Tage später zum verabrede-ten Termin bei Yvette klingelte, öffnete sie mir in einer knappen Sporthose und einem Under-boob-Top. Das sah vielleicht super geil aus.

Yvette fragte mich sehr direkt: »Wollen wir sofort zur Sache kommen oder vorher noch ein wenig rummachen?«

»Was verstehst du unter rummachen?«, wollte ich etwas konkreter nachfragen.

»Na ja, ich könnte dir ‚einen blasen‘ oder du meine Möse lecken.«

»Okay, dann bin ich für beides.«

»Komm mit ins Schlafzimmer. Dort haben wir viel Platz.«

Das Bett im Schlafzimmer war tatsächlich sehr groß, mindestens 2x2 Meter. Ich zog mich schnell aus und legte mich auf den Rücken. Yvette ging nochmal kurz ins Bad und kam dann splitternackt zurück. Doch die eine Hand hielt sie vor ihre Muschi und die andere Hand bedeckten ihre kleinen Brüste.

»Ich schäme mich so. Ich mache mal nur das kleine Licht an«, sagte Yvette.

Dann kroch sie etwas ungeschickt auf mich, in der typischen »69 Stellung«. Mit einer Hand, welche es war, konnte ich nicht sehen, nahm sie meinen Schwanz und führte ihn in ihren Mund. Ich sah nur ihren entzückenden Arsch und zwischen ihren Pobacken ihre kleine, süße rasierte Möse, die klaffend und feucht vor meinem Gesicht tänzelte.

Sie war sehr geschickt in ihrem Handeln. Meinem Schwanz gefiel es so gut, dass ich höllisch aufpassen musste, nicht voreilig in ihren Mund zu spritzen. Aber auch ich gab mein Bestes, um sie oral zu verwöhnen. Meine Zunge liebkoste abwechselnd ihren angeschwollenen Kitzler oder drängte sich vorwitzig zwischen ihre kleinen Schamlippen. Ich vernahm ein leises Stöhnen, was mir signalisierte, dass Yvonne glücklich damit war.

Plötzlich traf mich ein kleiner Spritzer ihres Liebessaftes im Gesicht. Wie von der Tarantel gestochen wechselte Yvonne sofort die Stellung und setzte sich rücklings auf meinen Schwanz. Ich hoffe, sie wissen, wie ich es meine. Ich lag auf dem Rücken und Yvonne saß auf mir, eben nur mit dem Rücken zu meinem Gesicht. Ihre Bewegungen waren schnell und hastig. Sie nahm keine Rücksicht auf die Empfindlichkeit meines zarten Schwanzes. Wie von der Tarantel gestochen bewegte sie ihr Hinterteil auf und ab, als ob sie es sich mit einem Gummischwanz besorgen würde.

Auf einmal flutschte mein Schwanz aus ihrer tropfenden Muschi. Doch sofort steckte sich Yvonne, unter Zuhilfenahme ihrer rechten Hand, das »Gute Stück« wieder in ihre Liebesöffnung. Es war aber nicht die Öffnung ihrer Vagina, es war ihr Anus. Doch das bekam ich so schnell nicht mit. Instinktiv schob ich meinen Prügel so weit in ihre Öffnung, wie nur möglich. Da hörte ich Yvonne auch schon ganz laut aufschreien. Es war kein Liebesschrei, sondern ein Schrei des Schmerzes. Schnell zog ich mich wieder zurück. Yvonne verharrte wie erstarrt und beugte sich weit nach vorn.

»Aua, aua, aua«, schrie sie unaufhörlich. »Das tut so weh.«

Es muss ihr tatsächlich sehr wehgetan haben und sie tat mir so leid.

Auf einmal schrie sie: »Hilfe, Hilfe, ich muss mal.«

Da sah ich auch schon, wie aus ihrem Poloch langsam eine Wurst zum Vorschein kam und immer größer wurde.

Ich rief: »Du kackst mir aber jetzt nicht wirklich auf den Bauch.«

»Tut mir leid, ich schaffe es nicht mehr bis ins Bad.«

Ihre braune Wurst wuchs und wuchs und als sie etwa 15 Zentimeter lang war, plumpste sie auf meinem Bauch. Ich hob beide Hände und wusste nicht, wie ich auf diese ungewöhnliche Liebesbekundung reagieren sollte.

»Was hast du da getan? Bist du doof? Warum tust du sowas? Das ist doch eine Sauerei«, echauffierte ich mich.

Yvonne sprang auf, rannte so schnell sie nur konnte ins Bad und holte eine ganze Rolle Klopapier. Sie entschuldigte sich mehrfach für dieses Missgeschick und erklärte mir, dass sie vor einem Jahr an ihrem Schließmuskel operiert wurde. So etwas sei ihr aber noch nie passiert.

Es dauerte nicht lange, da hatte sie den ganzen Haufen rückstandslos von mir entfernt. Der Geruch lag jedoch immer noch in der Luft und ließ meinen Schwanz vorerst nicht mehr in Entzückung geraten. Wir mussten unser Liebesspiel an dieser Stelle abrupt abbrechen. Yvonne schlug vor, ein gemeinsames Bad zu nehmen. In der Zwischenzeit sorgten weit geöffnete Fenster im Schlafzimmer für genügend Frischluft.

In der Wanne fanden wir genügend Ablenkung, um das gerade Erlebte für einen Moment zu vergessen. Ich nahm ihre süßen Füße und leckte nacheinander an ihren kleinen Zehen, was meinem Schwanz sehr gefiel. Beide hatten wir ja noch keine vollständige Befriedigung erfahren, sodass wir nach kurzer Zeit wieder heiß waren.

Wir stiegen aus der Wanne und trockneten uns gegenseitig ab. Yvonne setzte sich auf das Klobecken und ich machte große Augen.

»Nicht was du denkst, nur Pipi«, wollte sie mich beruhigen.

Ich hörte es plätschern und erleichtert holte ich tief Luft. Yvonne stand auf, ohne Toilettenpapier zu benutzen und spülte.

Das Schlafzimmer hatte sich inzwischen mit frischer Frühlingsluft gefüllt und wir machten dort weiter, wo wir vor fast einer Stunde jäh unterbrechen mussten. Diesmal taten wir es in der Missionarsstellung, vollübten also schlichten und gewöhnlichen Geschlechtsverkehr. Ich passte höllisch auf, nicht aus ihrer Vagina zu rutschen, bemühte mich aber trotzdem Yvonne mit tiefen Stößen zu befriedigen. Ihre Möse war sehr nass und ich hatte Mühe, bei mir Gefühle aufkommen zu lassen. Ich fragte sie: »Kannst du deine Möse etwas enger machen, mein Schwanz könnte sonst die Lust verlieren.«

Von Yvonne kam keine Antwort, stattdessen spürte ich, wie sie ihre Scheidenmuskeln anspannte und wieder löste. Sofort kamen die Gefühle zurück und wenig später hatte Yvonne ihren ersehnten Orgasmus, den sie laut herausschrie. Sekunden später konnte ich mich auch nicht mehr zurückhalten und spritzte meinen Saft tief in ihre Vagina. Das war ihr ausgesprochener Wunsch. Yvonne war kein Freund von auf den Bauch spritzen, sie wollte den Höhepunkt des Sexualpartners in sich spüren, bis zum Schluss.

So erfüllten wir letztendlich doch noch unseren Plan. Beide waren wir zufrieden und auch wieder glücklich. Fix zogen wir uns an. Yvonne überreichte mir die abgemachte Summe und ich verabschiedete mich. Zuvor machten wir aber noch den nächsten Termin aus.

Marta, 43 Jahre

Marta war ein sehr armes Würstchen. Nein, nicht schon wieder das Wort »Wurst« nennen. Ich meine, sie war eine arme Socke. Warum? Ihr Mann bekam keinen mehr hoch, um das Problem gleich richtig beim Namen zu nennen. Bei unserem Kaffeeplausch sagte Marta: »Ständig redete er auf mich ein, ich solle mich mal so richtig von einem anderen Mann vögeln lassen und er würde dabei zuschauen. Er war der Meinung, dass er dabei eine Erektion bekommen würde. Deshalb möchte ich ihm gern diesen Wunsch erfüllen. Das Ganze soll selbstverständlich nicht ohne Eigennutz passieren. Ich möchte natürlich auch mal wieder auf meine Kosten kommen, um nicht zu sagen, so richtig befriedigt werden. Wenn du verstehst, was ich meine.«

»Ich verstehe dich gut. Sagen wir mal so: Eigentlich bist du die treibende Kraft, weil du gern mal richtig durchgenommen werden möchtest. Du benutzt deinen Mann nur als Alibi. Es kommt dir zugute, dass dein Mann den Wunsch zuerst ausgesprochen hat, jedoch ganz andere Vorstellungen von einer Begegnung hat. Sein Ziel ist es, endlich wieder mit dir schlafen zu können, und zwar auf Dauer. Du hast nur das Ziel körperlich befriedigt zu werden. Egal von wem. Habe ich recht?«

Marta war es sehr peinlich, weil meine Menschenkenntnis es ermöglichte, dass ich sie sofort durchschaute. Sie schaute mich an, wie ein kleines Kind, das von der Mutter beim heimlichen Naschen aus der Keksdose erwischt wurde.

»Woher weißt du das? Wie kommt es, dass du mich so schnell durchschaut hast?«, fragte sie erstaunt.

»Das sagt mir meine Erfahrung mit Frauen. Du bist nicht die Erste, die mit derartigen Wünschen an mich herangetreten ist. Das ist doch nicht schlimm. Es ist, wie es ist. Ich mache meinen Job. Was danach zwischen Euch beiden passiert, geht mich nichts mehr an. Die Hauptsache für mich ist, dass Ihr beide es wollt. Nicht, dass es Probleme gibt und ich mich in Gefahr begebe. Besser wäre es, wenn dein Mann bei diesem Gespräch mit dabei gewesen wäre.«

»Er wollte auch, aber er hat sich geschämt für seine Erektionsprobleme.«

»Damit steht er nicht alleine da. Vielleicht haben die ja auch körperliche Ursachen und er sollte mal einen Urologen aufsuchen. Aber lasst es uns erst einmal auf diese Art versuchen.«

Das war wieder so eine Challenge, die mich herausforderte. Ich war sehr gespannt auf das, was mich bei den Beiden erwarten würde.

An der Tür empfing mich Marta alleine. Sie sagte, dass ihr Mann erst während des Aktes dazu stoßen (blödes Wort) würde. Damit behielt sie Recht.

Nun möchte ich Marta erst einmal vorstellen. Sie war, um es kurz zu machen, eine durchschnittliche Frau und sah aus, wie eine Frau eben mit 43 Jahren aussieht. Sie war eher der natürliche Typ, der keinen übersteigerten Wert auf ihr Aussehen legte. Trotzdem hatte sie eine sympathische Ausstrahlung. Ihr langes, glattes, dunkelblondes Haar trug sie offen. Ihre Figur war sehr fraulich, vielleicht eher etwas mollig und oben herum hatte sie Einiges zu bieten, um es mal sehr vorsichtig auszudrücken. Ihr Mann konnte also sehr zufrieden sein mit seiner Frau.

Marta war keine Frau von großen Worten. Sie war eher etwas zu direkt.

»Am besten, wir gehen gleich ins Schlafzimmer und machen uns erst einmal nackig. Sobald dein Penis in meiner Vagina steckt, wird sich mein Mann dazugesellen. Er wird aber eine Maske tragen, er möchte nämlich nicht erkannt werden. Er schämt sich.«

Gesagt getan, Marta war als erstes splitternackt. Sie hatte ja auch nur ein Sommerkleid an, unter dem sie kein Höschen trug. Marta legte sich aufs Bett, stellte ihre Beine auf und spreizte sie leicht. Mit der rechten Hand strich sie über ihre Schamlippen. Scherzhaft sagte sie: »Es ist angerichtet. Du kannst loslegen.«

Ich benötigte noch etwas Zeit, um in Stimmung zu kommen, das hatte auch Marta sehr aufmerksam beobachtet.

»Komm, leg dich hin, ich streichle dich erst einmal.«

Als mein Penis die richtige Größe hatte, schritten wir zur Tat. Mit meiner rechten Hand prüfte ich den Nässegrad ihrer rasierten Möse. Meine Finger waren nass von ihrem Saft. Sie war also bereit. Langsam schob ich meinen Schaft bis zum Anschlag hinein. Ein leiser Seufzer verriet mir, dass es ihr gefiel.

Die Schlafzimmertür ging auf und herein kam ein Mann, Martas Mann. Seine Maske war so groß, dass sie sein Gesicht fast vollständig verdeckte, nur die Augen waren frei. Er setzte sich zunächst auf einen Hocker, der unmittelbar neben dem Bett stand, schaute uns zu und onanierte dabei. Anfangs war sein Glied noch ziemlich klein und schlaff. Erst als seine Frau anfing zu stöhnen, gewann sein Schwanz immer mehr an Größe.

»Komm! Nimm mich! Du machst es gut. Fick mich richtig durch! Mir kommt es gleich. Mach weiter! Fester! Schneller!«, rief sie ununterbrochen.

Marta brauchte nicht lange, um ihren ersten Orgasmus rauszuschreien. Aus ihrer Vagina sprudelte ein kleiner aber intensiver Strahl auf das Bettlaken. Mein Schwanz steckte immer noch in ihrer pulsierenden Möse. Ich gab mir Mühe, nicht abzuspritzen. Ich Mann masturbierte heftig seinen steifen Schwanz.

»Los leck mich! Leck mir den Saft aus der Fotze!«, forderte Marta mich auf.

Ich kniete mich umgehend vor das Bett. Marta spreizte ihre Schenkel. Die kleinen Schamlippen klafften weit auseinander, als baten sie darum, berührt zu werde. Ein geiler Mösenduft umgab ihre nasse Öffnung und glizterte im Licht der Nachttischlampe. Deutlich konnte ich ihre Pipi-Öffnung sehen. Leidenschaftlich und gierig begann ich ihr Lustzentrum zu lecken. Mein Gesicht badete förmlich in ihrem Geschlecht.

Marta griff nach dem Penis ihres Mannes und wichste ihn. Ich hörte, wie sich sein Atem beschleunigte. Plötzlich steckte er seinen Schwanz in Martas Mund. Marta saugte und schleckte. Die Erregung schoss ungehindert aus ihrer Weiblichkeit und ich schlürfte begierig den Saft aus ihrer überlaufenden Möse.

»Ich bin gleich wieder soweit. Komm, steck ihn wieder rein!«

Wenige Bewegungen genügten und ich spürte die Kontraktionen ihrer Vagina. Ihre Beine zuckten unkontrolliert. Ich vernahm ein Wimmern und Stöhnen. Gleichzeitig entlud sich ihr Mann in Martas Mund. Bis zum letzten Tropfen verströmte er sich in ihr. Gierig schluckte Marta alles. Da blieb mir nichts anderes übrig, als auch abzuspritzen. In heißen Strömen schoss es aus mir heraus.

Ich hatte mein Soll erfüllt. Marta war befriedigt, ihr Mann auch. Wie es mit den Beiden weiterging, habe ich nie erfahren, denn Marta habe ich nicht wiedergesehen.

Hanni, 36 Jahre

Derartig auf den Leim gegangen, wie bei der folgenden Begegnung, bin ich noch nie. Zwei Tage zuvor hatte ich mit Hanni den gesamten Ablauf meines Besuches, ausnahmsweise mal, telefonisch abgesprochen.

Hanni wohnte in einem Einfamilienhaus am Stadtrand. Als ich an der Gartentür klingelte, fing erst einmal ein Border Collie an zu bellen und kam an die Tür. Kurz darauf folgte Hanni. Hanni war sehr zierlich, hatte blonde, lange lockige Haare. Ihr freundliches Lächeln war überwältigend und machte sie ausgesprochen sympathisch.

»Hallo Toni, ich freue mich, dass du mein Haus auf Anhieb gefunden hast. Komm rein!«

Den niedlichen Hund sperrte sie in einem Nebenzimmer ein. Im Wohnzimmer hatte sie einen kleinen Kaffeetisch vorbereitet.

»Möchtest du vorher einen Kaffee zur Stärkung trinken, oder ein paar selbstgebackene Kekse essen?«

»Ja, gern. Die Kekse sehen lecker aus.«

»Ich bin etwas aufgeregt. Ich habe so etwas noch nie gemacht«, gestand Hanni.

»Und warum möchtest du es überhaupt tun?«

»Ich weiß nicht. Eine Freundin hatte die Idee, weil ich sehr schüchtern bin und eigentlich gar keine feste Beziehung suche. Aber auf Sex verzichten möchte ich auch nicht. Verstehst du?«, fragte sie mich.

Ich nickte.

»Da bleiben nicht viele Optionen. Die eine, du weißt schon, bringt auf die Dauer auch nicht die ersehnte Erfüllung.«

Ich aß bereits den dritten Keks, nickte wieder nur und sagte: »Das stimmt allerdings.«

»Okay, ich möchte dich nicht mit meinen Problemen langweilen. Wollen wir in mein Schlafzimmer gehen und zur Tat schreiten?«

»Wie du es gern möchtest.«

»Prima, ich geh schon mal vor und rufe dich, wenn ich so weit bin. Du kannst deine Sachen hier auf dem Stuhl ablegen.«

Ich zog mich nackt aus, da rief Hanni auch schon aus dem Schlafzimmer: »Toni, kannst kommen.«

Hanni lag im Bett und hatte die Bettdecke bis zum Hals gezogen.

»Komm mit unter die Decke!«

Ich legte mich neben sie und stützte meinen Kopf mit meinem rechten Arm.

»Fall' bitte nicht mit der Tür ins Haus«, bat sie mich. »Ich muss mich erst an dich gewöhnen. Am besten du streichelst mich erst einmal an meinen empfindlichsten Stellen.«

»Da muss ich aber die Decke wegnehmen.«

Hanni lächelt und nickte.

»Welches sind denn deine empfindlichsten Stellen?«, wollte ich von ihr wissen, um nichts falsch zu machen.

»Jetzt enttäuscht du mich aber. Bei deiner Erfahrung müsstest du doch am besten wissen, wo es Frauen gern haben, verwöhnt zu werden. Ich mache da sicher keine Ausnahme.«

»Da kann ich dir nicht wiedersprechen. Ich wollte nur sicher gehen.«

Langsam zog ich an der Decke und legte ihren nackten Körper frei. Im diffusen Licht der Nachttischlampe sah ich nun zum ersten Mal ihre kleinen festen Brüste. Ihre Nippel zeigten mir ihre Bereitschaft für das Kommende.

Hanni war nicht rasiert, aber warum auch. Die spärlichen Härchen an ihrem Venushügel waren kaum der Rede wert. Sie verdeckten kaum die niedlichen Schamlippen ihrer kleinen Spalte.

»Na mal sehen, ob ich deine empfindlichsten Stellen herausbekomme«, scherzte ich.

Ich streichelte sie am ganzen Körper, besonders an den Innenseiten ihrer Schenkel, die sie immer mehr öffnete. Auch erkundete ich ihre Brüste und spielte mit ihren Knospen.

Auf einmal nahm Hanni meine Hand und führte sie hinab. Sie trug noch ein Höschen.

»Zieh es mir bitte aus, ganz langsam!«

»Wenn du mich so lieb darum bittest.«

Behutsam streifte ich ihr weißes Spitzenhöschen ab und roch an ihm. Leider duftete es nur nach Weichspüler.

Nachdem ich das letzte Hindernis entfernt hatte, fuhr ich mit meinen zärtlichen Liebkosungen fort. Ich fingerte an ihren niedlichen Schamlippen, berührte und streichelte ihren Lustpunkt. Meine Finger erforschten ihr vor Nässe triefendes Innerstes. Hanni drängte sich lustvoll gegen mich. Dies war ein Zeichen für mich, endlich zur Tat zu schreiten.

»Du bist so zärtlich, Toni. Ich zerfließe förmlich zwischen deinen Händen.«

»Danke, ich spüre es.«

Hannis linke Hand griff nach meinem erigierten Penis. War es ein Test, ob ich bereit bin?

»Jetzt spüre ich auch *deine* Hand«, scherzte ich.

Hanni lächelte wieder. Es sah so niedlich aus, wenn sie lächelte. Nun sollte ich mich auf den Rücken legen, was ich auch umgehend tat.

Hanni stieg auf mich und führte mit ihrer rechten Hand meinen ausgewachsenen Prügel langsam in ihre Möse. Sie war sehr eng gebaut, was mir einerseits Freude bereitete, andererseits musste ich aufpassen, nicht abzuspritzen. Kaum war mein Schwanz bis zum Anschlag in ihrer Vagina verschwunden, da begann sie auch schon wie wild zu reiten, als ob es kein Morgen mehr geben würde. Sie benahm sich wie eine Frau, die ewig keinen Schwanz mehr in ihrer Möse hatte.

Nach gefühlten zehn Minuten kam endlich die Erlösung für mich. Ihre Möse vibrierte und Hanni schrie einen intensiven Orgasmus aus sich heraus.

»Das war einfach himmlisch. Dein Schwanz ist wie geschaffen für mich. Bevor wir zum zweiten Teil kommen, muss ich erst mal pieseln. Mädchen halt. Kommst du mit.«

»Warum nicht. Kann jedenfalls nicht schaden.«

Hanni nahm mich mit ins Bad, setzte sich ohne sich zu genieren aufs Klo uns pinkelte. Ich hörte deutlich, wie ihr starker Strahl im Wasser plätscherte.

»Das war aber nötig, ich hätte dich um ein Haar nass gemacht. Möchtest du auch gleich?«

»Ja, okay.«

Hannis stand auf ohne sich abzuwischen und ohne die Spülung zu betätigen und sagte: »Okay, dann sehen wir uns im Schlafzimmer zu Runde zwei. Den Weg kennst du ja.«

Ich hob den Daumen und setzte mich, wie es sich für einen ordentlichen Mann gehört zum Pinkeln auf die Schüssel. Anschließend spülte ich und ging zurück ins Schlafzimmer. Hanni lag bereits mit weit geöffnete Beinen im Bett und erwartete mich sehnsüchtig.

»Bist du schon bereit«, fragte sie.

»Es wäre schön, wenn du mir etwas bei den Vorbereitungen helfen würdest.«

Ich meinte damit, dass sie mich oral verwöhnen sollte. Ich kniete mich am Kopfende vor das Bett und Hanni kapierte sofort. Mit ihrer linken Hand fasste sie meinen Schwanz und führte ihn in ihren Mund. Mir war sofort klar, dass sie diese Prozedur schon des Öfteren getan hat. Nach kurzer Zeit stand mein Jonny, wie bei der ersten Runde.

Nun war ein Stellungswechsel angesagt und wir machten es in der Missionarsstellung. Hanni umklammerte mich fest mit Händen und Füßen und stöhnte laut, als ob es unser erstes Mal nicht gegeben hätte. Immer wieder feuerte sie mich an: »Ja … fester … schneller … tiefer … ja … schön … ich komme gleich … ja … jetzt … ich komme … ah … ah.«

Da war wieder das typische rhythmische Pulsieren ihrer Scheidenmuskeln, das mich beinahe hätte abspritzen lassen. Doch das konnte ich mir nicht leisten, denn ich hatte an diesem Tag noch einen wichtigen Termin. Geschafft wandte ich mich von ihr ab und legte mich neben Hanni auf den Rücken.

Auf einmal ging die Tür auf und eine Frau kam herein. Ich traute meinen Augen nicht. Mein Herz galoppierte. Und ich konnte nicht glauben, was ich sah. Es war Hanni noch einmal. Jetzt begriff ich, dass ich eineiigen Zwillingen auf den Leim gegangen war.

»Das gibt's doch nicht. Habt ihr mich vielleicht hereingelegt und ich habe nichts bemerkt«, sagte ich und lachte laut.

Jetzt fingen auch Hanni und die andere Frau an zu lachen.

Die Frau im Bett sagte: »Ich bin übrigens Nanni und die da in der Tür steht, die von Runde eins ist Hanni.«

»Egal, ich kann Euch sowieso nicht unterscheiden. Ich nenne Euch beide einfach Hanni.«

So etwas passiert mir hoffentlich kein zweites Mal, hoffte ich. Obwohl, Spaß gemacht hat es. Die beiden Frauen waren auch ganz süß.

Gretel, 80 Jahre

Ein sehr emotionales Erlebnis hatte ich mit Gretel. Da rief doch sage und schreibe eine 80-jährige Oma bei mir an. Warum sollen ältere Damen keine sexuellen Bedürfnisse haben, dachte ich mir, und ging völlig vorurteilsfrei an die Sache heran. Ich ließ es einfach auf mich zukommen. Was ich bei dieser Dame erlebte, werde ich wohl nie im Leben vergessen.

Nachdem ich gefühlte fünf Minuten Sturmklingeln musste, öffnete Gretel endlich die Tür. Vor mir stand eine recht rüstige Oma, nur in einen Bademantel gehüllt. Sie entschuldigte sich gleich:

»Tut mir leid Toni, ich stand gerade unter der Dusche und da musste ich mein Hörgerät abnehmen. Aber nun hat es ja geklappt. Komm rein, ich freue mich, dass du da bist.«

»Hallo Gretel, ich freue mich auch. Ich bin etwas überrascht.«

»Worüber?«, fragte sie verwundert.

»Na, ja, dass mich hier so eine muntere und lebenslustige Dame empfängt, ohne Rollator«, scherzte ich.

»Aber mit einem Hörgerät«, betonte sie, indem sie den rechten Zeigefinger erhob.

»Setz dich bitte. Ich hole dir etwas zu trinken. Möchtest du etwas Wasser?«

»Ja, das wäre nett.«

Ich schaute mich derweil etwas in ihrer Wohnung um. Sie war ganz modern eingerichtet. Schon wieder war ich erstaunt.

Als sie mir das Wasser brachte, sagte sie: »Du wirst sicher staunen, dass ich so toll eingerichtet bin. Daran ist mein Mann schuld, der vor zwei Jahren leider verstorben ist. Er war Unternehmer und hat sehr darauf geachtet, dass in der Wohnung stets alles auf dem neuesten Stand ist. Immer, wenn etwas neu auf dem Markt war, musste er es haben. Geld war immer genug da.«

»War dein Mann jünger als du?«, fragte ich.

»Ja, fast fünfzehn Jahre. Aber ohne eingebildet zu sein, man hat es kaum gemerkt.«

»Du bist immer noch sehr attraktiv, Gretel. Das muss man dir lassen«, schmeichelte ich ihr.

»Danke, Toni. Aber lass uns zu dem kommen, warum du eigentlich hier bist. Es ist das erste Mal, dass ich so etwas mache. Ich bin ehrlich gesagt, etwas aufgeregt. Ich weiß gar nicht, wie wir anfangen sollen. Wollen wir erst einmal in mein Schlafzimmer gehen?«

»Keine schlechte Idee.«

»Warte kurz hier. Ich rufe dich, wenn ich soweit bin.«

»Okay, so machen wir es.«

Nach etwa drei oder vier Minuten rief sie mich und ich begab mich ins Schlafzimmer. Auch ich war ganz schön aufgeregt. Noch nie hatte ich eine Kundin in diesem Alter. Aber es gibt schließlich immer ein erstes Mal.

Gretel hatte die Vorhänge zugezogen und für etwas gedämpftes Licht gesorgt. Trotzdem konnte ich sie noch gut erkennen. Sie lag nackt auf ihrem Bett. Das rechte Bein hatte sie aufgestellt und über ihren Busen hatte sie ein Handtuch gelegt.

»Ich hoffe, du erschreckst nicht gleich über meinen Anblick. Das Handtuch lassen wir lieber erst einmal hier am Platz. Meine Brüste haben längst den Kampf mit der Schwerkraft verloren. Früher haben mich meine Freundinnen wegen meiner großen Brüste beneidet und ich war ganz stolz auf meine Titten. Komm endlich ins Bett und leg dich neben mich!«

Ich tat, was sie vorschlug und begann sie zu streicheln. Zumindest an den Stellen, die das Handtuch nicht bedeckte. Ihr Körper duftete nach Duschbad und in dem diffusen Licht sah Gretel mit ihrem zufriedenen, glücklichen Lä-

84

cheln um einige Jahre jünger aus. Sie hatte ihre Augen geschlossen und genoss meine zärtlichen Liebkosungen.

»Du kannst jetzt ruhig zur Sache kommen«, flüsterte sie. Mit beiden Händen zog sie ihre kleinen Schamlippen, die sich unter spärlichem Schamhaarwuchs befanden, etwas auseinander.

»Fühlst du wie feucht ich schon bin. Mit 80 Jahren ist das keine Selbstverständlichkeit. Viele Frauen in meinem Alter haben Probleme damit. Ich eigentlich noch nie, ich war immer gut geschmiert. So, Toni, ich glaube, the show must go on.«

Mit meiner linken Hand prüfte ich ihre Bereitschaft und schwang mich behände zwischen ihre gespreizten Schenkel. Ich war erstaunt darüber, wie auch eine etwas betagte Dame noch Sexappeal auszustrahlen vermag. In kurzer Zeit hatte sie es geschafft, meinen Schwanz kampfeslustig zu machen. Ich nahm ihn in meine rechte Hand und führte das gute Stück langsam und bis zum Anschlag ein, in ihre klaffende gut geschmierte Vagina.

Von Gretel vernahm ich ein glückliches Jauchzen. Mit immer noch geschlossenen Augen und einem Lächeln auf den Lippen genoss sie die ersten Stöße. Mich erregte diese nicht alltägliche Situation ebenfalls. Nie im Leben hätte ich mir vorstellen können, dass mir solch eine reife Frau so viel Freude bereiten kann. Ich musste mich förmlich zusammenreißen, nicht vorzeitig zu ejakulieren. Plötzlich und wie aus der Pistole geschossen kommandierte sie: »Nun aber mal Butter bei die Fische. Für Blümchensex bezahle ich dich nicht. Fick mich! Nimm mich! Fester! Toller! Stoß zu! Das, wo dein Schwanz gerade drin rumstochert, ist eine Möse und keine Mimose. Los, mach schon! Und komm nicht in meine Pussy. Ich möchte, dass du deine Sahne in meinen Mund spritzt.«

Ich war ganz erstaunt, über die plötzliche Wendung, fand sie aber ganz lustig. Hänsel steckte in Gretel. Ich gab alles, um ihre sexuelle Lust zu befriedigen. Als ich die Zuckungen ihrer Scheidenmuskeln vernahm, wusste ich, dass es nun an der Zeit war, meinen Schwanz herauszuziehen, um ihn in Gretels Mund zu platzieren.

Ich musste schnell handeln, da Gretel mich auf ihre Art sehr erregt hatte. Aber darin war ich ja geübt. Der Stellungswechsel dauerte nur wenige Augenblicke. Gretel erwartete meinen Prügel bereits mit weit geöffnetem Mund. Als ob sie den ganzen Tag nichts anderes machen würde, brachten mich ihre Liebkosungen schnell zum Abspritzen. Während Gretel mit ihrer rechten Hand meinen Schwanz hielt, massierte sie mit ihrer linken ihren Kitzler, als ob sie noch nicht genug hätte.

Nachdem der letzte Tropfen Sperma meinen Schwanz verlassen und Gretel alles geschluckt hatte, sagte sie: »Das war toll Toni. Ich kann mich gar nicht mehr daran erinnern, wann ich das letzte Mal solch einen geilen Orgasmus hatte.«

»Aber so richtig satt scheinst du noch nicht zu sein, wenn ich mir deine linke Hand anschaue.«

»Entschuldige bitte, aber das muss sein. Es ist nicht deine Schuld. Wenn es bei mir einmal so weit ist, dann hält das geile Gefühl eine Weile an. Ich komme dann meist mehrmals hintereinander, mehrere Wellen sozusagen. Und ich muss so lange fummeln, bis die letzte Welle durch ist. Schau mir doch einfach zu, das erregt mich.«

Ich schaute ihr tatsächlich noch eine Weile zu und machte einfach mit. Ich rubbelte meinen Schwanz so lange, bis er wieder einsatzbereit war. Gretel beobachtete mich ganz genau und war darüber sichtlich erfreut.

»Na, Toni, so ganz befriedigt scheinst du aber auch noch nicht zu sein. Wollen wir es noch einmal miteinander treiben, wie die Karnickel?«, fragte mich Gretel und hoffte dabei auf eine positive Antwort von mir.

»Wenn du es möchtest, gern. Dann möchte ich aber diesmal unten liegen.«

»Prima, das ist sowieso meine Lieblingsstellung. Da kann ich selbst bestimmen, wie ich es möchte.«

Schnell saß Gretel auf mir und genauso schnell steckte mein Schwanz in ihrer Möse. Beim zweiten Mal merkte man ihr Alter an. In den ersten Minuten ritt sie noch wie ein junges Mädchen, doch im Laufe der Zeit wurde sie immer langsamer. Einen zweiten Orgasmus schaffte sie nicht mehr.

»Schade, ich kann nicht mehr. Ich wäre so gern noch mal gekommen.«

»Du hast doch bestimmt einen Vibrator. Soll ich es dir damit machen?«

»Woher weißt du?«

»Alle Frauen haben einen Ersatz-Schwanz.«

»Na gut.«

Gretel holte das Teil aus ihrem Nachtschrank und gab es mir. Es war kein Dildo, sondern ein

Magic Wand Massagestab. Egal, auch damit kannte ich mich aus.

»Auf zur letzten Runde!«, sagte ich.

Ich schaltete die höchste Stufe ein und massierte damit ihre Klitoris. Gretel kam schnell zum Höhepunkt und hatte doch noch einen fantastischen Orgasmus.

Wir vereinbarten zwar, uns in unregelmäßigen Abständen zu treffen. Doch dazu kam es nicht. Nach ein paar Wochen las ich ihre Todesanzeige in der Zeitung.

Chantal, 40 Jahre

Eine Künstlerin ist auch unter meinen Kunden gewesen. Chantal war jedoch nur ein Künstlername. Im richtigen Leben hieß sie Ramona. Ich weiß gar nicht, ob ich den Namen an dieser Stelle überhaupt nennen darf. Aber egal, mit dem Namen Chantal versprach sie sich einen größeren Verkaufserfolg für ihre Bilder.

Die rothaarige Chantal war sehr extrovertiert. Sie hatte eine sehr natürliche und erotische Ausstrahlung und zeigte gern und offen ihre Reize. Sie hatte eine normale, eher frauliche Figur und ihre blonden halblangen Haare waren leicht gelockt.

Chantal rief bei mir an aufgrund einer Empfehlung einer Kundin. Sie suchte ein neues Modell für ein Aktbild. Es war bei ihr so Brauch, dass sie für jedes Aktbild ein neues Model benötigte. Jeder Mann kam also immer nur einmal auf einem Bild vor, was das Bild natürlich noch einmaliger und natürlich wertvoller machte.

Das Besondere war allerdings, dass sie mit jedem Mann vorher schlafen musste. Sie meinte, dass sich diese Intimität positiv auf das Bild auswirken würde. Außerdem würde die Energie des Mannes beim Geschlechtsverkehr auf sie übergehen und dem Malvorgang beeinflussen. So sollte es auch bei mir sein. Natürlich hatten wir vorher ein kurzes Treffen in einem Café, was sehr positiv und vielversprechend verlief.

Als ich am vereinbarten Termin in ihrem Atelier ankam, musste ich mich gleich nackt ausziehen. Chantal erwartete mich bereits im Adamskostüm. Oder sollte man gendermäßig besser sagen Evakostüm?

»Wundere dich bitte nicht, dass ich dich so empfange, wie Gott mich erschaffen hat. Ich bin ein bekennender Nudist. Nacktheit ist das Natürlichste auf der Welt. Nur nackte Menschen sind schön. Das erkannten bereits die alten Griechen und Römer, die ihre Skulpturen fast immer nur nackt erschufen. Du hast übrigens auch eine tolle Figur.«

»Danke für dein Kompliment.«

»Okay, kommen wir gleich zur Sache. Du erinnerst dich? Ich mag es am liebsten in der Missionarsstellung. Wenn du möchtest, kannst du aber erst ein wenig meine Möse lecken. Die ist schon sehr saftig, wie ein reifer Pfirsich. Kleiner Scherz.«

Chantal legte sich auf ein Sofa, das mitten im Raum stand und öffnete weit ihre Schenkel.

Mein geübtes Auge sah bereits von weitem das Glitzern ihrer klaffenden Schamlippen.

Das Lecken ihrer nassen Muschi verursachte schmatzende Geräusche, was mir etwas peinlich war. Doch Chantal schien es zu gefallen. Mit geschlossenen Augen und einem süßen Lächeln genoss sie meine Liebkosungen, die mir übrigens viel Freude bereiteten. Leider hatte Chantal nach wenigen Minuten genug.

»Das reicht jetzt. Du weißt ja, was ich lieber mag. Fick mich richtig! Nimm mich! Ich brauche es jetzt. Das gibt mir die nötige Energie.«

Zum Glück waren wir die Einzigen im Haus, denn Chantal machte sehr laute Geräusche während ich mein Bestes gab. Schließlich sollte das Bild gut werden.

Chantal machte es mit leicht, denn sie passte sich perfekt meinen Bewegungen an und brachte auch ihre Scheidenmuskeln mit ins Spiel. So dauerte es nicht lange, bis sie ihren Höhepunkt hatte, den sie laut herausschrie und ich das Pulsieren ihrer Vagina spürte.

Nach dem ersten sexuellen Akt, dann der zweite künstlerische. Chantal hatte bereits eine Leinwand, etwa 120 x 80 cm vorbereitet. Mir wurde ein römischer Kriegshelm verpasst und in der linken Hand trug ich einen Speer. Die rechte Hand musste ich erheben und zur Faust ballen. Mein Gesicht sollte erbarmungslosen Kampfeswillen ausstrahlen.

Scheinbar stellte ich mich gar nicht so dumm an, denn Chantal hatte nichts an mir auszusetzen. Sie begann sogleich mit ihrer Arbeit. Dabei entstand eine sehr aufschlussreiche Konversation.

»Woran denkst du eigentlich, während du einen nackten Mann malst?«, fragte ich neugierig. »Erregt es dich auch oder siehst du nur das Objekt, das du malen musst?«

»Gute Frage. Es kommt auf die Stimmung an und darauf, wie die vorausgegangene sexuelle Vereinigung war. Die Qualität des vorangegangenen Liebesaktes spiegelt sich tatsächlich in meinen Bildern wider. Es ist schon ein paar Mal vorgekommen, dass ich mitten in der Arbeit abgebrochen und den Mann nachhause geschickt habe. Die Chemie stimmte einfach nicht. Nachdem mir das einige Male passiert ist, fange ich jetzt gar nicht erst mit dem Malen an, wenn die sexuelle Vorbereitung, wie ich es nenne, nicht gepasst hat.«

»Das heißt also, dass zwischen uns die Chemie stimmt, oder?«, schlussfolgerte ich.

Chantal lachte: »So kann man es sehen.«

»Ich fühle mich geschmeichelt.«

»Um noch einmal auf deine Frage zurückzukommen. Wenn ich heutzutage einen Akt male, entwickle ich auch erotische Gefühle. Mit anderen Worten, je länger ich male, desto geiler werde ich.

Ich denke, beim Schreiben von erotischer Literatur ist es genauso. Je geiler man ist, desto mehr wird die Fantasie angeregt und desto besser wird das Ergebnis, sprich das Buch. Du wirst es kaum glauben, aber mein Liebessaft läuft mir bereits an den Schenkeln herunter. Ich bin nass bis zu den Knien.«

Chantals Worte erregten mich derart, dass mein Schwanz langsam an Größe gewann. Mir war es peinlich und ich schämte mich etwas. Ein erigierter Penis sollte nicht mit auf das Bild kommen. Auch meldete sich meine Blase und ich fragte: »Können wir mal eine kleine Pause machen, ich muss mal.«

»Alle meine Bilder zeichnen sich dadurch aus, dass ich sie in einem Ritt gemalt habe, und zwar ohne eine einzige noch so kleine Pause. Verstehst du? Siehst du das Gefäß neben dir? Dort kannst du reinpinkeln, wenn du mal musst. Das ist extra für Männer mit Blasenschwäche vorgesehen. Kleiner Scherz. Neben mir steht auch ein derartiges Gefäß. Vielleicht hast du es bereits entdeckt und dich darüber gewundert. Eine Pause würde den kreativen Fluss und den Energiefluss des Künstlers unterbrechen und das Bild würde eine Katastrophe werden.«

»Okay, das klingt plausibel.«

Es blieb mir nichts anderes übrig, als in die Vase zu pinkeln. Chantal malte unterdessen weiter. Doch etwas war anders, als bisher. Mit ihrer linken Hand fuhr sie zwischen ihre Beine und massierte ihre Schamlippen während sie weiter den Pinsel schwang.

»Tut mir leid, aber ich muss das tun. Dein Pinkeln hat mich unheimlich heiß gemacht. Ich muss mir etwas den Druck nehmen, ansonsten fall ich über dich her und ich kann das Bild in die Tonne klopfen.

Was denkst du eigentlich, wenn ich so nackt vor dir stehe und dich male?«

»Oh, willst du das wirklich wissen?«, fragte ich erstaunt.

»Na klar. Ich kann es mir zwar denken, aber ich höre es immer wieder gern aus dem Munde eines Mannes.«

»Ja, ein Mann denkt ziemlich geradeaus, wenn es um Frauen geht. Er schaut auf ihre

Titten, ihren Arsch und denkt nur an das Eine: Wann kann ich sie endlich ficken? Wie ist sie im Bett? Ist sie laut beim Sex? Wie bewegt sie sich? Hat sie einen geilen Arsch? Ist sie eher kühl oder temperamentvoll?«

Während ich redete, wurden die Bewegungen ihrer linken Hand immer intensiver. Auf einmal stoppte Chantal das Malen und ihr ganzer Körper zuckte. In schnellen Schritten steuerte sie auf den Höhepunkt ihrer Lust zu. Ihre Lustsäfte flossen schwallartig die Beine herunter. Umgehend griff sie das Gefäß neben ihr und pisste mit einem intensiven Strahl in das solche.

»Ich komme«, schrie sie und beruhigte sich auch gleich wieder, »ich komme jetzt zum Schluss. Das Bild ist fertig. Du kannst es dir anschauen.«

Sie setzte das Gefäß mit ihrer Pisse ab und ich ging zu ihr, um das Bild in Augenschein zu nehmen. Ich war sehr erstaunt, was ich da sah.

»Pass auf, Toni, ich möchte dir noch etwas zeigen. Im Prinzip ein kleiner Nebenerwerb, der sich jedoch bisher sehr bezahlt gemacht hat.«

Chantal zeigte mir ein Bild, welches nur aus zahlreichen Klecksen und Schmierereien dreier

Farben bestand. Rot, grün und gelb, im Prinzip die sogenannten RGB-Farben.

»Und was ist das Besondere an dem Bild?«, fragte ich.

»Ich habe das Bild mit meiner Vagina gemalt. Anders gesagt, ich stecke mir einen Pinsel, natürlich mit Kondom, in meine Möse, tauche ihn in einen Farbtopf und versuche dann die Farbe irgendwie auf das Bild zu bekommen. Das ganze geschieht dreimal, immer mit einer anderen Farbe. Damit man mir auch glaubt, dass ich das Bild in dieser Form gemalt habe, nehme ich alles mit einer Kamera auf. Den Film gibt es gratis dazu, genau wie die verwendeten Kondome, die ich in einer Folie laminiere.«

»Cool, und was kostet solch ein Bild?«

»Ich verkaufe sie zu einem Pauschalpreis von 499 Euro. Habe aber gehört, dass einige Bilder bereits Schwarzmarktpreise von mehreren Tausend Euros erzielt haben. Langsam wird es Zeit, dass ich meine Preise erhöhe.«

»Wie viel Bilder malst du so auf diese Art im Monat?«

»Je nachdem, wie viel Geld ich benötige und ob ich vorhabe, größere Anschaffungen oder einen schönen Urlaub zu machen.«

»Hast du keine Angst vor Nachahmern?«

»Mein Vorteil ist, dass ich die Erste war und alles filme. Somit habe ich einen eindeutigen Beweis auf das Original. Es gibt zwar Nachahmungen, die werden aber zu Billigpreisen verhökert.

Ich habe noch eine Überraschung für dich. Jeder Mann, der für mich Modell steht, erhält von mir in solches Bild.«

»Cool. Das ist wirklich eine Überraschung«, freute ich mich ganz besonders.

Zum Abschluss unserer Begegnung schaute ich ihr beim »Malen« zu und nahm anschließend, nach einem kurzen Trocknungsprozess das Bild und das entsprechende Zubehör dankend in Empfang.

Da Chantal immer nur ein Bild von einem Modell malt, sahen wir uns leider nicht wieder, was ich sehr bedauerte. Mir blieb nur das Bild, was sie mit ihrer Vagina malte. Es hat einen besonderen Platz in meinem Wohnzimmer bekommen und alle meine Gäste bewundern es. Natürlich verrate ich den Künstler nicht und auch nicht, wie es entstanden ist. Das wird für immer mein Geheimnis bleiben.

Rosi, 45 Jahre

Auch Rosi gehört zu denjenigen Frauen, an die ich mich gern zurückerinnere. Unser erstes Treffen, um uns zu beschnuppern, dauerte bei ihr sehr viel länger als bei den anderen Kunden. Rosi war sehr gesprächig und aufgeweckt. Sie erzählte mir viel über ihr Leben.

Damals war es etwa zehn Jahre her, dass sie von einem, bis heute unbekannten, Mann brutal vergewaltigt wurde. Es passierte im November abends auf dem Nachhauseweg durch den Stadtpark.

Eine Täterbeschreibung konnte Rosi damals der Polizei nicht liefern, da er eine Sturmmaske trug und kein Wort redete. Während der schrecklichen Vergewaltigung führte er auch verschiedene Gegenstände, die ich hier nicht nennen möchte, in ihre Vagina ein und verletzte sie schwer.

Noch heute ist sie traumatisiert und hat seitdem nicht mehr mit einem Mann geschlafen. Sexuelle Befriedigung bekommt sie auf andere Art und Weise, meist durch Stimulation ihrer Klitoris oder indem sie sehr vorsichtig einen Vibrator benutzt.

Nachdem nun zehn Jahre vorüber sind, möchte sie langsam beginnen, den körperlichen Kontakt zu Männern zu suchen. Was wäre da nicht besser geeignet, als ein Mann, der es ihr für Geld macht.

Von einer Freundin erhielt sie meine Telefonnummer und rief auch gleich an. Rosi war sehr hübsch. Ihre brünetten glatten Haare trug sie halb lang und ihre Figur war sehr sexy. Bei unserem ersten Treffen trug sie ein sehr kurzes sexy Kleid. Ich glaube, mit ihrem erotischen Outfit wollte sie sehr selbstsicher wirken und interessierte Männer ein wenig auf Abstand halten. Ein sogenannter Selbstschutz.

Rosi hatte sich das Ziel gesetzt, es mit den Männern erst einmal langsam angehen zu lassen. Ihr größter Wunsch war es, sich einen langersehnten Wunsch zu erfüllen: Endlich wieder einmal einen Penis im Mund zu spüren und sich währenddessen selbst zu befriedigen. Mehr sollte bei einer ersten Begegnung nicht zustande kommen.

Nach etwa zehn Tagen besuchte ich sie zuhause. Es kam dann auch so, wie Rosi es sich vorstellte. Sie ging recht forsch an die Sache heran. Man merkte ihr an, dass sie sehr, sehr lange von keinem Schwanz mehr verwöhnt wurde. Wie im Trance blies sie meinen Penis. Gleichzeitig rubbelte sie wie wild ihre Klitoris, sodass ihr Liebessaft nur so heraustropfte. Ihre Aktivitäten wollten gar kein Ende finden. Nach fast einer Stunde meldete sich meine Blase.

»Können wir mal eine kurze Pause machen? Ich muss mal pinkeln.«

Rosi sagte nur kurz: »Nein, jetzt nicht. Wir sind gerade so schön dabei. Lass es einfach laufen.«

Okay, dachte ich mir. Es soll ja Frauen geben, die darauf stehen. Es ist aber gar nicht so einfach mit einem erigierten Glied zu pinkeln. Männer werden es nachvollziehen können.

Ich musste zunächst an etwas anderes denken, um mir etwas von der Geilheit zu nehmen. Ich dachte, daran, dass ich in der kommenden Woche einen Termin beim Urologen hatte, das wirkte sofort. Dann kam auch schon mein Pipi und Rosi schluckte alles mit Begeisterung. Nicht nur das, sie hatte währenddessen einen galaktischen Orgasmus und machte eine große Pfütze auf dem Laminat.

Rosi war an diesem Tag meine letzte Kundin und ich blieb noch eine ganze Weile bei ihr. Sie zeigte mir ihr Sexspielzeug und führte es auch teilweise vor. Das brachte mich gleich wieder in Stimmung.

Unter anderem zeigte sie mir, wie sie es sich mit einem Dildo besorgte, ihn ganz vorsichtig und nur bis zur Hälfte in ihre Vagina schob. Dabei stellte sie ihn auf die höchste Vibrationsstufe. Ich merkte, dass Rosi schon wieder kurz vor einem Höhepunkt stand und rief: »Halt, halt! Ich würde gern etwas ausprobieren.«

»Was meinst du damit?«, fragte sie voller Neugier.

»Pass auf, wenn du es ganz vorsichtig mit einem Plastikdildo machst, kannst Du es doch auch einmal mit einem richtigen Penis aus Fleisch und Blut probieren. Was hältst du davon?«

Rosi schaute zunächst etwas ungläubig, doch dann begriff sie sofort, was ich damit meinte.

»Du meinst, wir beide sollten es tun? Jetzt, sofort?«

»Das meine ich.«

»Okay, dann tun wir es. Gehen wir am besten ins Bad«, schlug Rosi vor.

Das war eine gute Idee, wie sich noch herausstellte. Rosi brachte mehrere Badehandtücher, die wir auf den Fliesen ausbreiteten und ich legte mich auf den Rücken. Mein Schwanz brauchte keine Vorbereitungen, er zeigte bereits eine stattliche Größe und freute sich auf das Kommende.

Rosi setzte sich zunächst auf meine Schenkel und nahm prüfend meinen Penis in die Hand. Dann richtete sie sich etwas auf und führte die Eichel an ihre klaffenden, pitschnassen Schamlippen. Langsam, ganz langsam senkte sich ihr Körper, zunächst nur so weit, bis mein Penis halb in ihrer Vagina verschwunden war. Ich fragte sie: »Ist es schön, oder sollen wir lieber aufhören?«

»Es ist himmlisch«, antwortete sie. »Dein Schwanz ist wie geschaffen für mich. Es tut überhaupt nicht weh.«

Ganz langsam senkte sie ihren Körper immer weiter, bis mein Penis bis zum Anschlag in ihr steckte. Mit geschlossenen Augen genoss sie die Situation, bewegte sich jedoch keinen Millimeter.

»So und jetzt beweg dich mal auf und ab«, forderte ich Rosi auf.

Ich dachte schon, sie hätte vergessen, wie Bumsen geht. Ich täuschte mich sehr. Endlich begann sie sich auf und ab zu bewegen, zunächst sehr langsam, dann aber immer schneller. Ihre Vagina war relativ eng gebaut, sodass ich meine Gefühle zügeln musste, um nicht vorzeitig abzuspritzen.

Als ich schließlich das Pochen in ihrer Möse vernahm, konnte ich nicht mehr anders und spritzte in ihr ab. Währenddessen spürte ich etwas Warmes auf meinem Bauch. Rosi hatte eine kleine Pfütze gemacht.

»Tut mir leid, Toni. Das ist bei mir manchmal so, dass ich beim Orgasmus pinkeln muss. Besonders, wenn es ausgesprochen schön ist. Und das war es jetzt.«

»Kein Problem. Lass nur alles aus dir raus, dann sind wir quitt.«

»Aber du hast mir ja in den Mund gepinkelt. Möchtest du das auch oder ekelst du dich davor?«, fragte mich Rosi.

Ich war an diesem Tag so weit, dass ich Rosi jeden Wunsch erfüllen wollte.

»Wünschst du dir das?«, wollte ich es genau wissen.

»Ja, sehr.«

»Okay, dann tu es doch einfach.«

Rosi kniete sich über meinen Kopf und ich öffnete weit meinen Mund. Dann rubbelte sie ein paar Sekunden ihren Kitzler, bis sie erneut kam und mir den Rest ihrer Blase in meinen Mund laufen ließ.

Das war gleichzeitig auch unsere letzte Aktion an diesem Tag. Es sollte aber nicht die Letzte sein. Ein halbes Jahr ging das mit uns so weiter, bis sie ihr Trauma endlich überwunden hatte und einen Mann kennenlernte, der sie auf Händen trug und den sie ein Jahr später heiratete. Ich freute mich riesig, dass ich einen kleinen Teil zu ihrer Genesung beigetragen hatte.

Steffi, 40 Jahre

Mit Steffi hatte ich ein ganz besonderes Erlebnis. Sie hatte es ziemlich eilig, somit verzichtete ich auf das klassische Vorgespräch. Wir klärten alles Notwendige telefonisch und ich hoffte, dass zwischen uns die Chemie stimmen würde. Steffi kam am Telefon sehr sympathisch rüber, deshalb hatte ich diesbezüglich keine Bedenken.

Steffi wohnte in einem Mehrfamilienhaus. Als ich unten klingeln wollte, kam gerade eine ältere Frau zur Tür heraus und ließ mich freundlicherweise rein. Steffi wohnte in der ersten Etage, da brauchte ich keinen Fahrstuhl nehmen.

An der Wohnungstür, die sich gegenüber der Treppe befand, hing ein rotes Herz. Was für eine romantische Begrüßung, dachte ich mir. Auf dem Namenschild stand »Lindner«. Ich war also richtig. Die Tür war angelehnt, also schlich ich mich hinein. Auf dem Boden waren Rosenblätter verstreut, die eine Spur bis ins Schlafzimmer bildeten.

Es war dunkel in der Wohnung, die Rollos runtergelassen, nur einige Kerzen pflasterten den Weg bis in Schlafzimmer. So etwas hatte ich noch nie erlebt. Ich zog mich vorsichtshalber im Flur schon aus, sodass ich wie abgesprochen gleich zu Sache kommen konnte.

Ich fand die Situation sehr erregend und freute mich so sehr auf Steffi, die ich an diesem Tag das erste Mal zu sehen bekam. Langsam öffnete ich das Schlafzimmer, das nur von einer einzigen Kerze erleuchtet wurde. Auf dem Boden lagen Rosenblätter und auf dem Bett lag sie, meine Steffi. Sie lag auf dem Rücken, die Beine hatte sie weit geöffnet und ihre Hände bedeckten ihre prallen Brüste. Es war so dunkel, dass ich ihr Gesicht kaum erkennen konnte.

»Überraschung«, flüsterte sie kaum hörbar. »Komm schon, ich warte schon sehnsüchtig auf dich. Nimm mich auf der Stelle! Sofort. Bitte, ich laufe schon aus.«

Das ließ ich mir nicht zweimal sagen. Im Handumdrehen lag ich zwischen ihren Beinen und schob auch schon meinen harten Prügel in ihre dürstende nasse Vagina.

Nach wenigen Stößen vernahm ich das typische Zucken, das ein Mann spüren sollte, wenn eine Frau ihren Orgasmus bekommt. Obwohl anders ausgemacht, konnte ich mich nicht mehr halten und spritzte mein Sperma in ihre Möse.

In diesem Augenblick ging das Licht an und ein stattlicher Mann stand in der Tür. Sie können sich nicht vorstellen, wie wir beide fast zu Tode erschrocken sind. Ich fürchtete um mein Leben, denn dieser Mann war der Ehepartner der Frau, welche ich gerade fickte.

»Was ist denn hier los? Wer sind Sie überhaupt? Was treiben Sie mit meiner Frau im Bett?«, fragte er empört.

Für den ersten Moment wusste ich einfach nicht, was ich sagen sollte. Ich stotterte: »Steffi hat mich bestellt.«

»Welche Steffi? Meine Frau heißt Kathrin«, klärte mich der Mann auf.

»Oh mein Gott, ich glaube, ich sterbe gleich«, stammelte Steffi, ich meine Kathrin. »Das muss ein großer Irrtum sein. Steffi wohnt gegenüber. Sie heißt auch ,Lindner'. Da gab es schon des Öfteren Verwechslungen.«

Ich konnte es nicht glauben, eine Verwechslung. Wir mussten alles erklären. Kathrin hatet auf ihren Mann gewartet, der eine Woche auf Dienstreise war und wollte ihn überraschen.

Mit viel Geschick gelang es uns schließlich, ihren Mann zu beruhigen und zu überzeugen. Ich zog mich schnell an, verabschiedete mich und verließ die Wohnung, um gegenüber zu klingeln. Steffi öffnete auch gleich die Tür und fragte: »Hatten wir nicht 15 Uhr gesagt?«

»Ja, tut mir leid. Ich bin aufgehalten worden.«

»Komm rein! Ich hatte schon Angst, dass etwas dazwischengekommen ist. Übrigens hatte ich mir dich nicht so attraktiv vorgestellt«, schmeichelte sie mir.

»Danke, du bist auch sehr hübsch«, erwiderte ich ihr Kompliment.

Steffi hatte brünette, halblange glatte Haare, braune Augen und eine frauliche Figur.

»Ich weiß. Eigentlich wollte ich ja erst mit dir einen Kaffee trinken, aber da du fast eine Dreiviertelstunde später gekommen bist und ich heute noch einen Termin habe, schlage ich vor, dass wir gleich zur Sache kommen, so wie es auf dem Plan steht.«

Steffi kniete sich vor mich, öffnete meine Hose und holte meinen Dödel heraus.

»Oh, der ist ja ganz feucht.«

Dann roch sie auch noch daran.

»Der riecht, als ob du soeben mit einer anderen Frau geschlafen und danach fluchtartig das Bett verlassen hast. Warst du vorher noch bei einer anderen Kundin?«, fragte mich Steffi.

Aus der Nummer kam ich nun nicht mehr heraus, Ich musste ihr alles erzählen. Doch Steffi nahm es gelassen.

»Zwischen uns gab es schon mehrfach Verwechslungen, aber solch eine delikate noch nicht. Das nächste Mal wird es hoffentlich nicht mehr vorkommen. Was machen wir nun? Wollen wir es verschieben oder hast du dich schon wieder erholt?«

»Wenn ich schon mal hier bin, dann sollten wir es tun.«

»Okay, dann schlage ich vor, dass du dich erst einmal frisch machen gehst. Handtücher liegen im Bad.«

Während ich duschte, kam Steffi ins Bad, sie hatte sich bereits nackt ausgezogen.

»Ich muss mal. Die zwei Tassen Kaffee wollen wieder raus.«

Steffi setzte sich kurzerhand auf die Schüssel und strullte los. Da ich das Duschen beendet hatte und bereits beim Abtrocknen war, hörte ich genau das Plätschern ihres starken Strahles. Diese Situation erregte mich derart, sodass mein Penis anfing zu wachsen, was Steffi freudig zur Kenntnis nahm.

»Na du scheinst dich ja schnell wieder erholt zu haben. Hat dich etwa mein Pipi-Machen so erregt? Dann kann es ja losgehen.«

Ohne sich unten herum abzuwischen, stand sie auf, betätigte die Spülung und half mir beim Abtrocknen. Ich war noch halb nass, da zerrte mich Steffi ins Schlafzimmer.

»Komm endlich! Ich habe lange genug gewartet. Leck mich erst mal. Ich bin schon ganz feucht.«

Da hatte sie nicht gelogen. Feucht war sie. Aber ob das noch vom Pinkeln war oder vor Erregung, konnte ich nicht feststellen. Gerochen hat es eher nach Ersterem, das hat mich aber nicht gestört. Da habe ich schon viel Extremeres erlebt.

Steffis rasierte und glatte Möse zu lecken, mit meiner Zunge ihre Klitoris zu verwöhnen oder ihre Schamlippen zu liebkosen, hat mir sehr viel Freude bereitet. Sie hatte eine sehr erotische und verführerische Ausstrahlung und ich war froh, als sie endlich sagte: »Komm endlich! Ich möchte jetzt deinen Schwanz in meiner Möse spüren.«

Schnell wechselte ich meine Position und schon steckte mein Schwengel in ihrer, wie sie selbst sagte, Möse. In diesem Moment hoffte ich sehr, dass Steffi es nicht so lange herauszögern würde, denn ich war schon ziemlich nahe am Abspritzen. Aber Steffi dachte überhaupt nicht daran, mich zu erlösen. So kam es, wie es kommen musste, ich kam eher als sie. Schnell zog ich meinen Prügel aus ihrer Vagina und spritzte ihr auf den Bauch.

»So war es aber nicht abgemacht«, beschwerte sie sich.

»Tut mir leid, aber du hast mich dermaßen gereizt, dass ich nicht anders konnte. Ich glaube, wir sollten einen neuen Termin vereinbaren. Heute ist einiges schief gelaufen, da kann ich kein Geld von dir verlangen.«

»Okay, aber was mache ich jetzt? Soll ich es mir etwa selbst besorgen, wie jeden Tag?«

»Ich kann dir ja dabei behilflich sein, wenn Du magst.«

»Prima Idee.«

Steffi holte ihre Sammlung an Sexspielzeig aus dem Nachtschrank und wir probierten alles nacheinander durch. Steffi kam dreimal zu einem Höhepunkt und wir waren beide zufrieden. Bei unserem nächsten Treffen nahm dann alles seinen ganz normalen Lauf.

Kati, 35 Jahre

Auch die Erlebnisse mit der süßen Kati möchte ich nicht vergessen zu erwähnen. Kati hatte schöne braune Augen, ihre brünetten Haare reichten ihr bis zur Schulter. Sie war etwa einen Kopf kleiner als ich, hatte eine sehr sportliche Figur und ein sehr keckes und selbstsicheres Auftreten. Am Telefon erzählte sie mir, dass sie sich bei einem Fahrradunfall ihren rechten Arm gebrochen hatte. Deshalb wollte sie sich mit mir nicht in einem Café treffen, sondern schlug alternativ einen Spaziergang in einem nahegelegenen Heidewald vor. Ich war sofort einverstanden, denn für Spaziergänge im Wald an einem warmen Sommertag bin ich immer zu haben.

Wir trafen uns auf einem Parkplatz am Waldrand. Es war Mittwoch und der Wald war menschenleer. Das Wetter spielte auch mit, denn die Temperaturen waren mit etwa 25 Grad Celsius sehr angenehm. Kati sah in ihrem kurzen und luftigen Sommerkleid sehr sexy aus.

Die ersten Sekunden bei einem derartigen Treffen sind fast immer entscheidend. So auch diesmal. Ich fand Kati vom ersten Augenblick an sehr sympathisch und sie mich sicher auch, das spürt man einfach.

Wie ich recht bald feststellte, hatte sie sich nicht nur den rechten Arm gebrochen, sondern auch ihr rechtes Knie war verletzt, sodass sie etwas humpelte. Nachdem wir etwa eine Stunde durch den Wald liefen und sie mir ihre Lebensgeschichte offenbarte sagte Kati plötzlich: »Tut mir leid Toni, aber ich muss mal ganz dringend Pipi machen.«

»Das braucht dir doch nicht leid tun. Das ist doch kein Problem. Wir sind hier mitten im Wald. Da kannst du doch ganz einfach mal schnell verschwinden.«

»So einfach ist das leider nicht. Ohne deine Hilfe geht das nicht. Meinen rechten Arm kann ich nicht benutzen und mein rechtes Knie kann ich nicht beugen.«

»Ja, und wie kann ich dir dabei helfen?«, fragte ich.

»Du musst mir meinen Slip runterziehen. Ich habe extra ein Kleid angezogen, damit es einfacher geht. In die Hocke gehen kann ich auch nicht. Es ist mir etwas peinlich, aber ich muss, wie ein Mann, im Stehen pieseln. Ist dir das unangenehm, mir dabei zuzusehen?«

»Ganz und gar nicht. Frauen beim urinieren zuzusehen, finde ich meist sehr erotisch und auch interessant.«

»Und wieso interessant?«

»Das soll vorerst noch mein Geheimnis sein.«

»Komm jetzt, Toni, ich mache mir gleich ins Höschen. Ich halte es nicht mehr länger aus. Ich hätte zum Frühstück nicht zwei Tassen Kaffee trinken sollen.«

Wir gingen ein paar Schritte tiefer in den Wald hinein. Eigentlich bräuchten wir es nicht, denn es war weit und breit keine Menschenseele zu sehen. Ich ging in die Hocke und Kati hob ihr Kleid mit der linken Hand so weit, wie sie konnte, nach oben. Ihr rosa Slip hatte bereits einen kleinen nassen Fleck am Zwickel.

»Schnell, zieh mir bitte meinen Slip nach unten. Ich kann es nicht mehr halten. Ich glaube es kommt schon.«

Kaum hatte ich mit beiden Händen ich Höschen etwa bis zu den Knien heruntergezogen, dann pieselte sie auch schon los. Es muss tatsächlich höchste Zeit gewesen sein, denn ihr Strahl, der plötzlich zwischen ihren Schenkeln hervorschoss, war sehr stark und traf mich sogar auf meinem Hemd und meiner hellen Hose.

Ausweichen konnte ich nicht. Sowohl mein Hemd, als auch meine Hose wurden pitschnass.

»Tut mir leid, Toni. Entschuldige bitte! Ich konnte es nicht mehr länger halten.«

»Kein Problem. Du kannst doch nichts dafür. Außerdem ist doch nichts passiert. Die Hose und das Hemd trocknen bei diesen Temperaturen schnell wieder. Da vorn ist eine Lichtung. Da können wir uns in die Sonne legen und meine Sachen trocknen lassen.«

»Ja, das machen wir. Mein Slip ist auch nass geworden.«

Wir legten uns also ins Gras, ich zog Hemd und Hose aus und platzierte sie, zusammen mit Katis Slip, zum Trocknen an einer sonnigen Stelle.

Dadurch entstand eine prickelnde Situation zwischen uns. Auf einmal waren wir beide unten ohne, da auch meine Unterhose etwas abbekommen hatte. Kati schien es nicht peinlich zu sein, dass sie mir ihre nackte, behaarte Muschi präsentierte.

»Du wunderst dich jetzt sicher, dass ich nicht rasiert bin«, sagte Kati und lächelte mich an. »Aber mit der linken Hand bin ich einfach nicht so geschickt, wie mit der rechten. Das ist jedoch nicht der Hauptgrund. Ich möchte den Arm-

bruch zum Anlass nehmen, mir meine Scham-
haare wieder wachsen zu lassen. Ich hatte jetzt
15 Jahre eine kahle Pussy. Es wird Zeit, mal was
Neues auszuprobieren. Und ich finde, es passt
zu mir. Wie findest du das?«

»Ich möchte dir da nicht reinreden. Das soll
jeder selbst entscheiden. Wenn du mich fragst,
bei dir sehen die dunklen Härchen ganz niedlich aus.«

»Findest du? Das freut mich.«

»Außerdem hast du ja im Moment ein kleines Handicap.«

»Apropos Handicap. Toni, ich muss dir was
beichten.«

»Ist dein Arm etwa gar nicht gebrochen?«

»Der Arm schon, aber mein Knie ist voll-
kommen gesund. Das vorhin war nur ein Test.«

»Ein Test? Inwiefern?«

»Ich wollte testen, wie du auf mein Pipi machen reagierst.«

»Kannst du mir das etwas genauer erklären?«, fragte ich neugierig.

»Ich habe eine, sagen wir mal, etwas ungewöhnliche Sexpraktik entwickelt.«

»Jetzt hast du mich aber neugierig gemacht.
Und was wäre das für eine Sexpraktik«, hakte
ich sofort nach.

»Ich schäme mich etwas, aber ich erzähle es dir trotzdem. Du bist mir sehr sympathisch und ich habe großes Vertrauen in dich.

Ich habe zufällig, bei einer langen Autofahrt, herausgefunden, dass ich mit einer sehr vollen Blase einen intensiveren Orgasmus habe. Noch intensiver wird er, wenn ich meine Blase während des Orgasmus langsam entleere. Hast du schon einmal eine Kundin mit ähnlichen Vorlieben gehabt?«

»Du wirst es nicht glauben, Kati, aber schon öfter. So ungewöhnlich oder exotisch sind deine Vorlieben also nicht.«

»Da bin ich echt froh. Ich habe schon gedacht, dass ich pervers oder unnormal bin. Und du, was denkst du über Frauen mit diesen Vorlieben?«

»Was soll ich über diese Frauen denken? Jeder oder jede soll seine Sexualität so ausüben, wie er oder sie es am besten finden. Es gibt beim Sex keine Normalität, finde ich. Jedem soll es selbst überlassen sein. Ich muss ehrlicherweise zugeben, wenn ich in der richtigen Stimmung bin und die richtige Frau dazu habe, macht mich deine Art des Sexes sogar an.«

»Da bin ich ja froh. Und, bist du jetzt gerade in Stimmung und bin ich die richtige Frau?«

»Das ist eine gute Frage und ich werde dir darauf auch ehrlich und kurz antworten. Ja.«

»Prima, da können wir ja gleich die Probe aufs Exempel machen. Ich habe nämlich vorhin meine Blase nur halb entleert. Ein Schelm, der Böses dabei denkt. Da ist noch genug drin, um einen guten Orgasmus zu haben. Hast du Lust? Jetzt und sofort? Ziehen wir eben unser erstes Date vor. Wir haben gerade die passende ‚Arbeitskleidung' an«, scherzte sie.

»Meinetwegen. Ich wäre bereit. Und wie stellst du dir das vor?«

»Du brauchst dich nur auf den Rücken zu legen. Alles andere überlasse bitte mir.«

Kaum hatte ich mich auf den Rücken gelegt, schon kauerte sich Kati über mich. Ihre Schamlippen waren weit geöffnet. Vorher bat sie mich aber noch, ihr Kleid auszuziehen. Alleine würde sie es nicht so schnell hinbekommen. Ein dünner weißer BH umhüllte ihre festen schönen Brüste, die sie mir zum ersten Mal darbot. Mein bestes Stück geriet gleich in die richtige Stimmung und baute sich zu voller Größe auf. Kati fackelte nicht lange und führte sich meinen harten, steifen Speer langsam und in voller Größe in ihre Vagina ein.

»Ist das schön. Dein Penis ist wie geschaffen für mich. Er füllt mich vollständig aus. Ich glaube, ich werde gleich kommen.«

»Tu dir nur keinen Zwang an und lass dich gehen.«

Nach wenigen Augenblicken spürte ich auch schon etwas Warmes und Nasses über meinen Penis laufen. Es war ein wundervolles Gefühl. Ein nicht enden wollender Strom ergoss sich aus Katis lustvollen Schoß und zur selben Zeit vernahm ich ein pulsierendes Zucken in ihrer Vagina. Nun konnte ich auch nicht mehr länger innehalten und entlud mich bis zum letzten Tropfen in ihrem lüsternen Geschlecht.

Eigentlich war diese Aktion so nicht geplant, aber derartige spontane Aktionen machen mir immer wieder viel Freude.

Am liebsten hätte sich Kati gleich am nächsten Tag erneut mit mir getroffen, jedoch erlaubte es mein Terminkalender nicht. So konnten wir uns erst nach zehn Tagen wiedersehen, was den Vorteil hatte, dass ihr Gips am rechten Arm in der Zwischenzeit entfernt wurde.

Aufgrund eines Staus auf einer Bundesstraße kam ich erst eine halbe Stunde später zu unserem vereinbarten Termin. Natürlich informierte ich sie per Handy über diese enorme Verspätung.

Kati erwartete mich bereits sehnsüchtig. Sie machte einen sehr verzweifelten Eindruck, sie muss einen mächtigen Druck auf ihrer Blase gehabt haben. Sie war nur mit einer langen Pyjama-Jacke bekleidet und anstelle eines Höschens trug sie eine Windel.

»Trägt man das jetzt?«, fragte ich Kati nachdem sie mir Einlass gewährt hatte.

»Witzbold. Was soll ich tun? Mein Schließmuskel ist mit dem enormen Druck, der von meiner Blase ausgeht, total überfordert. Ab und zu macht er schlapp und verursacht ein kleines Rinnsal. Ich kann doch nicht die ganze Wohnung nassmachen.«

»Da ist es am besten, wir kommen gleich zur Sache«, schlug ich vor.

»Na klar. Kannst du mir bitte die Windel abnehmen. Ich dusche mich vorher noch einmal kurz ab. Ich möchte, dass du mich anfangs ein wenig oral verwöhnst, damit ich so richtig in Stimmung komme.«

»Du brauchst dich vorher nicht zu duschen. Mir macht das nichts aus. Im Gegenteil, bei dir turnt es mich sogar an.«

»Meinetwegen, wenn du das so sagst. Dann gehen wir gleich in mein Schlafzimmer.«

»In dein Schlafzimmer? Wäre das Bad nicht angebrachter?«

»Kein Problem. Ich habe alles so imprägniert, dass das Bett total wasserdicht ist und jegliche Flüssigkeit aufsaugt«, versicherte mir Kati.

Ich zog ihr die Windel aus, die bereits bis zum Anschlag gefüllt war. Ein leichter, aber nicht unangenehmer, Duft von frischem Urin breitete sich rasch im Schlafzimmer aus.

»Hey, hast du etwa deine Pussy wieder rasiert?«, fragte ich, als ich ihre nackte und blanke Scham erblickte.

»Ja, habe ich. Ich gefalle mir so viel besser. Man hat sich eben daran gewöhnt. Außerdem ist es hygienischer.«

»Okay, mir hat dein kleiner Busch aber auch gefallen.«

Kati zog ihre Pyjama-Jacke aus und legte sich mit weit geöffneten Schenkeln auf ihr Bett. Hingebungsvoll präsentierte sie mir ihre klaffende nasse Spalte.

»Komm schon, leck mich! Sonst laufe ich schon vorher aus. Ich kann es kaum noch zurückhalten.«

Mit beiden Händen öffnete Kati weit ihre Schamlippen. Ich küsste ihre rasierte Scham und umspielte ihre feuchte Öffnung. Dann verwöhnte ich mit meiner schnellen Zunge ihre erigierte Perle. In kurzen Abständen spritzte sie mir in den Mund. Nach wenigen Augenblicken begann ihre Erregung ihren Höhepunkt zu erreichen. Als ihr Schoß anfing zu pulsieren, rief sie: »Schnell, schnell, leg dich auf den Rücken! Ich bin soweit.«

Umgehend wechselten wir die Stellung, Kati setzte sich auf mich und steckte sich meinen prallen Ständer in ihre tropfende und zuckende Vagina.

Was dann passierte hatte ich noch nie vorher erlebt. Ich will nicht sagen, dass es unbedingt der beste Sex war, den ich je erlebt hatte, aber zumindest der außergewöhnlichste.

Eine gigantische Welle der Lust brach über Kati herein. Ihr Unterleib zuckte, das Blut stieg ihr in den Kopf und färbte ihr Gesicht puterrot. Sie fing an zu schwitzen, der Schweiß tropfte von ihrem Körper auf mich. Gleichzeitig strömte ihr Sekt schwallweise und in heißen Strömen aus ihrer Liebesöffnung und rann, nicht enden wollend, über meinen Bauch und meinen Penis. Ihre runden Brüste schaukelten aufreizend in meinen Händen. Ich spielte an ihren Brustwarzen. Katis Körper hob und senkte sich in gierigem Verlangen. Sie wimmerte und stöhnte und genoss einen Orgasmus nach dem anderen, als ob sie schon sehr lange keinen mehr in dieser Form erlebt hatte. Ihr galaktischer Höhepunkt, der mit einem ekstatischen Stöhnen einherging dauerte mehrere Minuten.

Ich versuchte meinen Samenerguss solange, wie möglich hinauszuschieben, was mir aber nur mit großer Mühe gelang. Doch auch ich bin nur ein Mann mit Gefühlen. Als ich mich in ihrer Vagina verströmte und mein Penis danach langsam an Größe verlor, näherte sich auch bei Kati der Höhepunkt dem Ende. Alles unter uns war pitschnass.

»Ich danke dir, Toni. Noch nie hatte ich solch einen Orgasmus. Das müssen wir unbedingt öfter machen.«

»Ja gern.«

Wir trafen uns noch drei- oder viermal. Dann berichtete mir Kati am Telefon, dass sie jemand kennengelernt hatte, der auch auf diese Sexpraktiken stand. Sie bedankte sich noch einmal bei mir und wünschte mir eine schöne Zeit. Ja, so ist das Leben eines Prostituierten. Sobald ich mich an eine Kundin gewöhnt hatte, war auch schon wieder Schluss. Trotzdem wird mir dieses Erlebnis mit Kati immer in guter Erinnerung bleiben.

Nele, 40 Jahre

Normalerweise habe ich meinen Körper ganz gut im Griff. Wenn ich mir vornehme, beim Sex nicht zu ejakulieren, dann klappt das in der Regel auch. Aber es gab auch mal eine Ausnahme, die Nele. Solch eine bezaubernde, ausgesprochen hübsche und gut gebaute Frau ist mir in meinem ganzen Leben noch nicht über den Weg gelaufen. Warum wollte sich ausgerechnet diese Frau mit mir treffen? Das wollte ich bei unserem obligatorischen Kaffeetrinken herausfinden.

Nele hatte lange blonde Haare, eine Traumfigur und ein derartig hübsches Gesicht, dass ich während unseres Gespräches ziemlich unsicher wirkte.

Natürlich war sie sich ihrer Schönheit bewusst. Doch dieses perfekte Aussehen bescherte ihr auch Probleme. Die, sagen wir mal, »normalaussehenden« Männer trauten sich nicht, sie anzusprechen, weil sie sich wenig Erfolg versprachen und immer daran denken müssten, dass man eine hübsche Frau nicht alleine hat. Die hübschen Männer, dagegen, wollten sich meist nur mit ihr schmücken oder benötigten eine Selbstbestätigung. Oft sah sie diese Typen nach kurzer Zeit nie wieder. Außerdem neigen, meiner Meinung nach, hübsche Männer eher dazu, die Partnerin häufiger zu wechseln oder öfter mal fremdzugehen. Das möchte ich jedoch auf gar keinen Fall verallgemeinern.

Nele war in einer Zwickmühle. Auf Sex wollte sie jedoch auf gar keinen Fall verzichten, deshalb sah sie keine andere Möglichkeit, als mit mir Verbindung aufzunehmen. Zum ersten Mal in ihrem Leben wollte sie für Sex bezahlen.

Wir stellten auf Anhieb fest, dass zwischen uns die Chemie stimmte. Ich hatte mich sogar sofort ein wenig in Nele verliebt. Bei unserem obligatorischen Kaffeetrinken war sie sehr schüchtern und zurückhaltend. Aber gerade diese Eigenschaften machten sie sehr sexy und waren für mich eine große Herausforderung.

Bei unserem ersten Treffen sollte ich es ihr zweimal bis zu ihrem Orgasmus besorgen, aber ohne selbst zu kommen. Das war mir ganz recht, weil ich am Abend noch eine sehr nette Stammkundin hatte, welche schon sehr lange keinen richtigen Sex mehr hatte und sich sehr auf mich freute. Aus Erfahrung nahm ich an, dass es bei ihr, recht schnell gehen würde.

Als ich zur Tür hereinkam, konnte Nele es kaum erwarten. Sie empfing mich, nur mit einem langen T-Shirt bekleidet und ohne Unterwäsche. Ihr entzückendes Lächeln steigerte mein Verlangen ins Unermessliche.

Nele führte mich sofort in ihr Schlafzimmer. Mir kam sie wie verändert vor. Die schüchterne und zurückhaltende Nele war in den paar Tagen zu einer geilen Nymphomanin mutiert

»Ich brauche kein Vorspiel, ich bin feucht genug. Du kannst gleich loslegen. Meine Möse sehnt sich so sehr nach einem Schwanz. Bist du schon bereit oder soll ich dir ein wenig auf die Beine helfen?«, fragte sie mich.

Ich muss zugeben, dass mein Penis bereits während der Fahrt zu Nele vor Freude stand. Als ich meine Unterhose auszog, sah ich, dass diese vor lauter Vorfreude schon etwas feucht war.

»Nein, ich bin startklar«, sagte ich.

Ich schwang mich aufs Bett, wo mich Nele mit weit geöffneten Beinen erwartete. Die kleinen Schamlippen ihrer glatt rasierten Pussy klafften weit auseinander, wie ein duftendes Blütenblatt, das auf Bienen wartete. Ein paar Tropfen ihres Saftes rannen bereits langsam auf das Laken herab.

Vorsichtig versenkte ich meinen Kolben in ihrer nassen Grotte. Dann passierte etwas, was mir noch nie in meinem Leben widerfahren ist. Nach dem dritten Stoß konnte ich mich einfach nicht mehr zurückhalten. Mein Sperma schoss urplötzlich aus meinem Penis in ihre Vagina. Ich hatte nicht mal mehr die Zeit, ihn rauszuziehen. Das war mir sowas von peinlich.

»Scheiße, Nele, das ist mir noch nie passiert. Du hast mir dermaßen erregt, wie es noch keine Frau vorher geschafft hat«, versuchte ich um Entschuldigung zu bitten.

Ich sah Nele die Enttäuschung an, doch sie versuchte sie geschickt zu überspielen.

»Kein Problem, Toni. Mach dir keinen Kopf. Wir können ja erst mal eine Tasse Kaffee trinken. Ich habe da schon mal was vorbereitet. Heute Vormittag habe ich einen Kuchen gebacken.«

Wir tranken also Kaffee und nach einer halben Stunde ging es zur nächsten Runde. Diesmal lag ich auf dem Rücken und erwartete Nele mit meinem prallen Prügel. Doch als Nele sich auf mich setzte und meinen Schwanz in ihre Vagina einführte, ging es schon wieder los. Es war ein Gefühl, als ob sie meinen Schwanz gierig in ihre Vagina einsaugen wollte. Zudem tanzten ihre üppigen Brüste vor meinen Augen und ich musste mich schon wieder mächtig darauf konzentrieren, nicht abzuspritzen. Ich schloss die Augen und dachte an meinen letzten Zahnarzttermin. Doch so sehr ich mich auch bemühte, mich abzulenken, es half nichts. Mein pochendes Glied fühlte sich sauwohl in ihrer feuchten Lust. So kam es, dass ich mich viel zu früh in ihr verströmte. Doch diesmal kam Nele zur gleichen Zeit zum Höhepunkt. Es war sehr knapp, aber wenigstens brauchte ich mir nichts vorzuwerfen.

Mein langsam kleiner werdender Penis rutschte schon bald aus ihrer Möse und ich sah ihr nasses Geschlecht, das immer noch offen pulsierte.

»Das ist ja gerade nochmal gut gegangen. Tut mir leid Nele, ich glaube, du hast dir unser Treffen ganz anders vorgestellt. So etwas ist mir noch nie passiert. Noch nie hat mich eine Frau so angemacht, wie du. Ich habe aber eine ganz plausible Erklärung dafür.«

»Und die wäre?«, fragte Nele interessiert.

»Du übst eine sehr hohe sexuelle Anziehungskraft auf mich aus, der ich nicht widerstehen kann. Du bist die erste Frau, in die ich mich während meiner sogenannten Arbeit verliebt habe.«

»Das hast du schön gesagt.«

»Du bist jetzt sicher enttäuscht. Ich werde dir natürlich nichts dafür berechnen. Vielleicht gibst du mir die Gelegenheit, das heutige Missgeschick wiedergutzumachen.«

»Mach dir bitte keine Gedanken darüber. Mir hat es trotzdem gefallen. Du wirst es mir kaum glauben, aber ich habe mich bereits bei unserem ersten Treffen in dich verliebt, und zwar bis über beide Ohren. Ich musste Tag und Nacht an dich denken und habe nachts kaum ein Auge zugedrückt«, gestand mir Nele. »Ich habe mich riesig auf unser Treffen heute gefreut und konnte es kaum erwarten. Ich habe das Gefühl, dass wir sehr gut zueinander passen würden.«

»Das macht mich jetzt aber verlegen. Deine Worte haben mich jetzt echt glücklich gemacht. Wollen wir am Wochenende etwas gemeinsam unternehmen? Da habe ich frei.«

»Ja, gern. Und was wollen wir da machen?«

»Wir könnten einen Tagesausflug an den See machen. Da war ich schon lange nicht mehr.«

Während dieses Ausfluges hatten wir uns beide schließlich so richtig ineinander verliebt.

Schnell stellten wir fest, dass wir viele Gemein-samkeiten hatten und dass zwischen uns die Chemie zu Hundertprozent stimmte. Ich blieb anschließend die ganze Nacht bei Nele und wir drückten kein Auge zu. Stattdessen erlebten wir einen kosmischen Orgasmus nach dem an-deren.

Vor zwei Jahren haben Nele und ich geheira-tet und wir sind glücklich zum heutigen Tag. Natürlich verdiene ich seitdem mein Geld nicht mehr als Prostituierter. Meine alte Firma hat mich wieder als Versicherungsvertreter einge-stellt.

Ein paar Bemerkungen am Ende

Die Personen und die Handlung des Buches sind frei erfunden. Etwaige Ähnlichkeiten mit tatsächlichen Begebenheiten oder lebenden oder verstorbenen Personen wären rein zufällig.

Um den Geschichten nicht die Erotik zu nehmen, wurde unter anderem auf die Verwendung von Kondomen verzichtet und diverse andere Hygieneregeln außer Kraft gesetzt. Meine Bitte: Benutzen Sie, wenn möglich, immer Kondome. Nehmen Sie mich nicht als Vorbild.

Ebenfalls im Verlag BOD erschienen

Lisa Stern

Feuchte Lippen, pen, nasse Höschen

schlüpfrige erotische Geschichten

Leseprobe:

Das Zimmer, etwa 6x6 Meter groß, war gefüllt mit mehreren Männern und Frauen, alle waren sie nackt. Wie viele es genau waren, konnte ich nicht erkennen, nur erahnen. Vielleicht fünfzehn oder zwanzig. Keiner sprach ein Wort. Man verständigte sich in einer mir unbekannten Zeichensprache.

Die Frauen neben mir beugten sich über meinen Oberkörper. Ihre Brüste berührten meinen Oberkörper, meinen Busen. Hinter ihnen stand jeweils ein Mann, der sie von hinten nahm. Am Fußende meines Bettes erkannte ich schemenhaft eine kleine Schlange von Männern, die vermutlich alle darauf warteten, mich endlich vögeln zu dürfen. Doch bevor mich der nächste Mann nahm, kam erst mal eine etwas korpulente Frau, die mir genüsslich das angesammelte Sperma aus der Möse schlürfte. Nachdem sie nach gefühlten zwei Minuten wieder von dem Bett stieg, sah ich, dass sie schwanger war, in einem schon ziemlich fortgeschrittenen Stadium.

Weiter im Programm. Der nächste Mann stieß mir seinen Schwanz in meine Möse. Diesmal hatte ich ein ganz anderes Gefühl. Es war das Gefühl des Dringend-mal-pinkelnmüssens. Meine Bitte, mich doch mal kurz aufs Klo gehen zu lassen, wurde mittels Kopfschüttelns in den Wind geschlagen. Verstanden die etwa meine Sprache nicht? Ich zeigte mit meinen Händen auf meine Möse, doch mein Flehen wurde nicht erhört. Bald würde ich wieder spritzen, doch dann würde es Urin sein. Hatte man es gar darauf abgesehen? War ich etwa deshalb immer noch mit den Füßen ans Bett gefesselt?

Wieder setzte sich eine Frau auf mein Gesicht. Ihre Möse schmeckte nach frischem Sperma. Es tropfte mir sogar in den Mund, doch ich ekelte mich nicht. Ich schleckte ihr genüsslich ihre Spalte, bis ich spürte, wie ihre Vagina pulsierte. Ich war einfach nur geil, steckte ihr zwei Finger in die triefende Möse und suchte ihren G-Punkt. Mit meiner anderen Hand drückte ich auf ihren Bauch. Doch ich konnte sie nicht zum Ejakulieren bringen. Stattdessen pinkelte sie mir auf die Hand. Ich drückte noch fester auf ihren Bauch. Der Strahl wurde stärker, traf mein Gesicht. Ich öffnete den Mund, versuchte alles zu schlucken. Ich war wie von Sinnen, konnte nicht mehr klar denken. Mein Gehirn arbeitet nicht mehr, ich funktionierte nur, gesteuert durch meinen fast schon perversen Sexualtrieb.

Der Mann, der mich gerade fickte, verströmte sich in meiner Vagina und mir war klar, dass es beim nächsten Mann passieren würde. Dann würde ich nämlich ebenso pinkeln, wie die Frau, die gerade über meinem Gesicht hockte. Doch das war mir schnurzegal. Der Gedanke daran, dass ich gleich ausströmen würde, machte mich nur noch geiler.

Lisa Stern

Schamlos und sexbesessen

schmutzige erotische Ge-
schichten

Leseprobe:

Ich steckte meinen Mittelfinger in ihre nasse, von dem Gel glitschige, Spalte und hoffte, dass ich ihr es so recht machen würde.

»Ja, das ist gut«, flohlockte sie. »Noch einen Finger!«

Ich nahm den Zeigefinger dazu und zusätzlich noch den Ringfinger. Ihre Vagina war sehr weit und ich hatte keine Mühe, in sie einzudringen. Jasmin bearbeitete unterdessen meinen Schwanz. Meine Erregung steigerte sich und ich war kurz davor, abzuspritzen.

»Mach es Jasmin von hinten!«, forderte mich Theresa auf. »Ich will Euch zusehen. Du hältst es doch kaum noch aus.«

Jasmin ließ meinen Schwanz los und drehte sich um, während sich Theresa auf den Beckenrand setzte. Mit beiden Händen drückte ich Jasmins Pobacken auseinander und erblickte ihre weit geöffnete, willige Vagina. Langsam drang ich in sie ein. Theresa sah uns begierig zu und massierte sich dabei mit der rechten Hand ihre Liebesperle, während drei Finger ihrer linken tief in ihrer Lustgrotte steckten und sie intensiv stimulierten. Meine Erregung war zu groß, um das Liebesspiel noch weiter ausdehnen zu können und so spritzte ich bereits nach wenigen Stößen meinen Saft in Jasmins Muschi.

»Komm jetzt her!«, hörte ich Theresa rufen und es klang wie ein Befehl. »Nimm die Brause und richte sie auf meine Schnecke! Ich möchte, dass du es mir auch machst.«

Ich nahm die Brause aus der bereits ein starker lauwarmer Strahl kam. Theresa spreizte weit ihre Schenkel und zog sich mit beiden Händen ihre großen Schamlippen auseinander. Ich sah ihren geschwollenen Kitzler und das rosa Fleisch ihrer lüsternen Möse. Ich zielte mit dem Strahl der Brause genau in ihre Mitte und versuchte sie damit zu massieren. Es dauerte nicht lange bis sie ihre ganze Lust aus sich herausschrie und ihr Unterleib anfing zu zucken. Ein Strahl ihres Liebessaftes traf mich mitten im Gesicht. Er schmeckte salzig und ich wusste, dass sie mich gerade vor lauter Geilheit anpinkelte.

Nun hatten wir alle unsere Freude gehabt und beendeten unser Bad. Nachdem wir uns abgetrocknet hatten, kam Theresa zu mir und fragte: »Was hältst du davon, wenn wir uns noch zehn Minuten in Bett legen und uns ausruhen?«

»Dagegen ist nichts einzuwenden«, sagte ich und ahnte noch nicht, auf was ich mich da einließ. Kaum lagen wir alle drei im Bett, da fielen beide Frauen regelrecht über mich her, als hätten sie wochenlang keinen Sex gehabt.